DRECKSTÜCK

Clémentine Beauvais wurde 1989 in Paris geboren und hat in Cambridge über Kinderliteratur promoviert, wo sie auch heute noch lebt. Sie schreibt vielfach preisgekrönte Kinder- und Jugendbücher auf Französisch und Englisch.

Annette von der Weppen (geb. 1966) hat Germanistik, Anglistik und Romanistik studiert und ist seit 1999 als freiberufliche Literaturübersetzerin aus dem Englischen und Französischen tätig. Ihre besondere Vorliebe gilt dabei der Übersetzung von Kinder- und Jugendliteratur sowie von Comics. Sie lebt mit ihrer Familie in Berlin.

CLÉMENTINE BEAUVAIS

DRECK-STÜCK

Aus dem Französischen
von Annette von der Weppen

CARLSEN

Außerdem von Clémentine Beauvais bei Carlsen erschienen:
Die Königinnen der Würstchen

MIX
Papier aus verantwortungsvollen Quellen
FSC® C083411
FSC
www.fsc.org

Veröffentlicht im Carlsen Verlag
Juli 2017

Originaltitel: »La Pouilleuse«

Umschlaggestaltung und -typografie: formlabor
Corporate Design Taschenbuch: bell étage
978-3-551-31628-8

Für Agathe

ICH HABE DIE ANDEREN GEGENÜBER VOM CAFÉ GETROFFEN, wo sie sich gerade eine Zigarette ansteckten, morgens um acht, die erste. Die Straße schimmerte nassgrau nach dem Unwetter in der vergangenen Nacht. In den Pfützen sah man die Häuser.

»Wo ist Marguerite?«

»Die sitzt in Levallois fest, wegen des Streiks.«

An diesem Morgen standen Florian, Anne-Laure, Gonzague, Élise und ich vor dem Café. Das Wetter war scheußlich, kalt und trüb, wir unterhielten uns in einer Wolke aus Zigarettenqualm und kondensierter Atemluft.

Ich sage das noch mal ganz deutlich: Marguerite hatte nichts mit dieser Sache zu tun, wegen des Streiks. Wäre sie dabei gewesen, wäre vielleicht alles ganz anders gekommen. Wer weiß das schon. Wenn Mathieu dabei gewesen wäre, natürlich auch, aber Mathieu war nicht mehr dabei.

»Seht euch diesen Wichser an«, meinte Gonzague und wies mit dem Kinn die Straße hinunter.

Es war François, der eine halbe Stunde zu früh zur Schule kam, in seinen hässlichen Klamotten und den gelben Turnschuhen. Er lief auf uns zu, den Blick starr auf den Fußweg gerichtet. Er wusste, dass wir ihn beobachteten. Er hat ein Problem mit Anne-Laure, die immer ätzende Sprüche macht und ihn mit ihren hochhackigen Hirschleder-Stiefeln um einen ganzen Kopf überragt.

»Lass ihn in Ruhe, der will bestimmt nur wieder in irgendeinem Winkel der Bibliothek eine Lehrerin vernaschen«, erwiderte Anne-Laure.

François hatte im vorigen Schuljahr mit Madame Bonnot, der Französischlehrerin, geschlafen. Fünfzehn Jahre Altersunterschied. Seine Eltern hatten Anzeige erstattet und Bonnot wurde gefeuert. Seitdem lebt sie in Mexiko, weshalb ich manchmal denke, sie hätte das alles schon so geplant. Sie hat zwei Kinder, aber der Vater hat das Sorgerecht bekommen, ich weiß nicht, ob sie die beiden noch sieht.

Gonzague sagte:

»Ich habe so was von keinen Bock auf Schule!«

So fängt das jedes Mal an – sobald auch nur einer von uns das sagt, ist das wie ein Gähnen, es steckt alle an.

»Aber echt, ich auch nicht«, sagte Anne-Laure.

Élise will dann immer noch verhandeln. »Ach kommt, wenigstens heute Vormittag gehen wir noch hin.«

»Mach, was du willst«, meinte Florian, »aber ich habe die Schnauze voll. David?«

»Ich bin dabei«, sagte ich. »Oder meinst du, ich habe Lust, eine Geo-Arbeit zu schreiben?«

Anne-Laure ließ ihre Kippe, von Lippenstift gesäumt, auf den Boden fallen. Ein Tritt mit dem Absatz und die watteartige Füllung quoll zu beiden Seiten des Filters heraus.

»Wir gehen zu dir«, sagte sie zu Florian.

»Nein, mein Vater ist zu Hause.«

»Wieso denn das?«

»Der sitzt hier fest. Wegen des Streiks.«

Anne-Laure fluchte laut. Sie flucht immer mit ganz viel Luft in der Stimme. Florian wohnt gleich um die Ecke, in einer 300-qm-Wohnung mit Terrasse und Whirlpool. Wir anderen wohnen alle etwas weiter weg. Anne-Laure lässt sich jeden Morgen von ihrer Mutter bringen, die einen Aston Martin fährt und sie immer direkt vor der Schule absetzt, weil sie ihr nicht traut; sie hat Angst, dass Anne-Laure die Schule schwänzt – zu Recht.

Es fing an zu nieseln. Ganz feine Tropfen, die an unseren warmen Gesichtern abperlten. Anne-Laure und Élise hatten überall welche in den Haaren, wie Kristalle.

»Wir schreiben erst noch die Geo-Arbeit«, schlug Élise vor, »und dann hauen wir ab.«

»Keine Chance«, antwortete Florian unerbittlich.

Und so gingen wir los in Richtung Avenue de Tourville, ohne ein bestimmtes Ziel, untermalt vom Klackern der Absätze von Anne-Laure. Eine alte Frau führte ihren Hund spazieren. In diesem Viertel sehen die alle gleich aus, derselbe Pelzmantel, dieselbe blonde Föhnfrisur, dieselbe Lederleine, derselbe Hund: eine Fell-Explosion. Die Sonne ging jetzt auf, aber erst so gerade eben – das Licht war immer noch hellgrau, und als wir die Avenue erreichten, schalteten sich mit leisem Klicken die Straßenlaternen ab.

Was danach passiert ist, haben wir nicht besonders geplant, auch wenn das hinterher viele Leute behauptet haben – die Journalisten halten immer alles für überlegt, organisiert und erprobt, aber wir sind keine Terroristen. Das war alles ganz anders. Die Leute wollen immer wissen, warum, warum, warum – aber es gibt kein Warum, ist euch das noch nie passiert, dass es kein Warum gibt? So wie bei François und Madame Bonnot – manchmal gibt es einfach kein Warum.

Wir sind keine Terroristen.

»Und was machen wir jetzt?«, fragte Élise.

Niemand antwortete. Es tropfte uns in den Kragen, weil wir direkt unter den Dachvorsprüngen der Häuser entlanggingen. Eine Schar Kinder lief hüpfend an uns vorbei zur Schule, in Begleitung ihrer Eltern, aber zu dem Zeitpunkt haben wir nicht sonderlich darauf geachtet, noch nicht. Es blieben noch gut zwanzig Minuten bis zum Unterrichtsbeginn. Ein kleines Mädchen kam dicht an mir vorbei und ich sah, wie eine hellgraue Laus in ihren schwarzen Haaren herumspazierte, mal über, mal unter den Strähnen hindurch. Mir kam der Magen hoch, und ich rülpste einen Luftschwall aus, der nach Zigaretten, Milch und Cornflakes schmeckte.

»Diese Gören widern mich an«, sagte ich.

Wir betraten einen kleinen Park und setzten uns auf eine Bank. Wenige Meter von uns entfernt, neben einem Mülleimer, lag ein Obdachloser auf dem Boden und schnarchte. Seine roten, schorfigen Hände ragten aus einer dunkelblauen Jacke hervor, die mit Schmutzflecken und Essensresten übersät war.

»Mit diesem Viertel geht es echt bergab«, bemerkte Gonzague.

»Stimmt«, seufzte Anne-Laure. »Diese Penner überall, die sind wirklich furchtbar.«

»Die sind wirklich furchtbar«, wiederholte ich mit hoher Stimme.

»Du findest dich wohl besonders lustig, was?«, entgegnete sie, die Augenbrauen erhoben und die Nasenflügel gebläht.

War einen Versuch wert.

Das Wetter war wirklich schäbig an jenem Tag, auch wenn das keine Entschuldigung ist. Es war das schlimmste Wetter, das man in Paris haben kann, der Himmel hing steingrau über den Gründerzeithäusern, keine Wolken, keine Sonne, und die krallenbewehrten Bäume tröpfelten auf unsere Kapuzen herab, der Kies auf den Wegen knirschte unter unseren Schuhen, und im feuchten Dreck lagen zerknüllte Metrotickets, Zigarettenstummel und Kronkorken herum. Ein Klon der alten Frau mit Hund kam vorbei und ließ den Köter an eine der Bänke pinkeln, wo sein dampfender Strahl von der Erde verschluckt wurde.

»Wir könnten zu mir gehen«, schlug Gonzague vor.

»Das ist doch winzig!«, nörgelte Florian.

»Nett von dir, Alter, aber hast du eine bessere Idee?«

»Okay, wir gehen zu Gonz«, sagte Anne-Laure und stand auf. »Und auf dem Weg dahin holen wir uns was vom Chinesen.«

»Wie kann man um diese Zeit schon Appetit auf chinesisches Essen haben?«

»Das wärmen wir uns dann später auf.«

Die Eltern von Gonzague leben in einem Herrenhaus an der Dordogne, deshalb haben sie hier im Viertel eine kleine Wohnung für ihn gemietet, damit er in Paris aufs Gymnasium gehen kann. Wir folgten Anne-Laure und verließen den Park durch das quietschende Tor.

Und dann ist was total Bescheuertes passiert: Gonzague wollte die Straße überqueren, er ist einfach losgelaufen, ohne nach rechts oder links zu schauen, und wir hörten ein Hupen. Ein gelber Motorroller kam in voller Fahrt auf ihn zu, und die Straße war rutschig. Ein lang gezogenes Kreischen der Bremsen – und im letzten Moment machte der Roller einen Schlenker und wich Gonzague aus.

Der Rollerfahrer trug einen Helm, aber sein Hals und seine Hände waren zu sehen, und Gonzague hat ihm den Stinkefinger gezeigt:

»Kannst du nicht aufpassen, du dreckiger Gorilla?«

»So ein Arschloch!«, brüllte Florian, als der Roller schon um die nächste Ecke bog.

Dann haben wir alle die Straße überquert, und Anne-Laure ist auf Gonzague zugerannt:

»Alles okay, Gonz? Mann, hab ich mich erschrocken!«

Gonzague schüttelte den Kopf, er biss sich auf die Lippen und seine Hände zitterten. Er sagte:

»Geht schon. Mir würde es allerdings noch besser gehen, wenn hier nicht so viele dreckige Neger unterwegs wären, die alle nicht fahren können.«

Ich musste kurz schlucken, denn das war typisch für Gonzague, der sagt ständig solche Sachen, die man eigentlich nicht sagen darf.

»Aber du bist doch auch einfach rübergerannt«, sagte Élise.

»Na und? Habe ich in meinem Land etwa nicht das Recht, über die Straße zu gehen, wo ich will?«

Er kochte vor Wut. Seine austerngrauen Augen schimmerten feucht, er hatte seine Stirn in Falten gelegt, wodurch sich ein weißlicher Strich über seiner Nase bildete.

»He, jetzt mal ganz ruhig«, sagte ich. »Das ist doch kein Grund, diesem Typen die Schuld zu geben.«

»Ach halt's Maul, David«, erwiderte Florian. »Immer musst du alle in Schutz nehmen. Du bist echt ein Weichei.«

Auch später hat man mich in dieser Sache immer als den Harmlosen dargestellt, den Sensibelsten der Truppe. Man hat gesagt, wenn ich mehr Einfluss auf die anderen gehabt hätte, wäre das alles nicht passiert, aber das stimmt, glaube ich, nicht. Hätte ich mehr Einfluss gehabt, hätte ich trotzdem genau das Gleiche gemacht.

»Nur wegen solcher Typen wie dir trauen sich diese Schweine immer noch, hier wie die Irren durch die Gegend zu heizen«, sagte Anne-Laure und blickte mich starr an.

»Wow, ist ja wieder eine super Stimmung«, meldete sich Élise zu Wort. »Ich weiß echt nicht, warum ich mich noch mit euch abgebe, ihr seid immer nur schlecht drauf und schreit euch an. Ich gehe zur Schule zurück. Ihr kotzt mich an.«

Sie wandte sich zum Gehen und ihre winzigen weißen Turnschuhe platschten in eine Pfütze. Sie fluchte, und dann drehte sie sich wieder um, und in ihren Augen schimmerten Tränen.

»Ihr kotzt mich an«, wiederholte sie.

Anne-Laure steckte sich wieder eine Zigarette

an, mit gespielter Ruhe, doch die kleine Flamme am Feuerzeug zitterte. Ich ging zu Élise. Sie sah auf ihre Schuhe hinunter, die von dem schlammigen Wasser in der Pfütze blassbraun gesprenkelt waren. Die Gummispitze glänzte, und sie beugte sich nachdenklich vor und drückte mit einem Finger darauf herum, als wollte sie fühlen, wo ihr großer Zeh war.

»Na los«, habe ich gesagt und ihr den Arm um die Schultern gelegt. »Komm mit, wir gehen zu Gonzague.«

Sie hat nichts gesagt, nur die Augen verdreht, und dann haben wir uns auf den Weg zum Chinesen gemachte. Wir hatten alle einen Kloß im Hals. Der gelbe Roller, das Bremsmanöver. Erinnerungen kamen zurück – Bilder.

Das ist keine Entschuldigung, ich weiß.

Beim Chinesen haben wir uns dann ein paar Gerichte geholt, Hühnchen in klebriger Ingwersoße, gebratenen Reis, Nudeln mit Gemüse, Schweinefleisch mit Zitrone. Der Verkäufer wog die leeren Schachteln ab, bevor er sie füllte, damit wir nicht auch noch die zwanzig Gramm Plastik bezahlen mussten. Das hat mich echt fertiggemacht, diese Anständigkeit, als wollte er uns eine Lehre erteilen. Ich habe ihm dann ein völlig übertriebenes Trinkgeld hingelegt, und

Florian hat mich vor allen ausgelacht. Am Ausgang haben wir uns Papierservietten und Essstäbchen geholt, die wir mit einem Knacken auseinanderbrachen, und dann sind wir die ganze Straße runtergegangen und haben den Takt getrommelt wie eine Gruppe Schlagzeuger. Anne-Laure hat als Einzige nicht mitgemacht. Sie war nachdenklich. Ihr Blick verweilte auf den Auslagen der Geschäfte, sie betrachtete lauter Sachen, die sie gar nicht interessierten.

Und dann roch es auf einmal nach Chlor. Wir kamen am städtischen Hallenbad vorbei, und durch die Gitter des Luftschachts stieg der Geruch zu uns auf. Ich hielt mir meine Plastiktüte unter die Nase, um stattdessen an dem Ingwerhühnchen zu riechen, aber keine Chance, der Schwimmbadgeruch drang mir in die Nasenlöcher, und mich überkam ein Anflug von Übelkeit, gemischt mit ein bisschen Schwermut, die mich in der Grundschule oft ergriff, wenn ich meine nassen und kalten Arme in den Umkleideräumen dieses Hallenbads abtrocknete.

»Oh Scheiße! Mein Absatz hängt fest«, rief Anne-Laure.

Wir schauten alle hin – ihr Absatz steckte in dem Metallgitter des Luftschachts fest – und brachen in schallendes Gelächter aus, so unerwartet und lustig war der Anblick, wie sie da mit dem Absatz im Gitter festhing. Sie lachte noch lauter als alle anderen, während sie den Fuß mit ihrem Stiefel hin- und herdrehte, um den Absatz zu lockern, aber je mehr sie drehte, desto mehr verkeilte er sich im Gitter. Élise lachte, bis ihr die Tränen kamen, sie bückte sich, um an dem Absatz zu ziehen, der sich dann so plötzlich löste, dass Anne-Laure fast hingefallen wäre. Ich fing die beiden Mädchen auf, und wir hielten uns die Seiten; die beiden anderen Jungs wischten sich die Wangen ab. Allen tat der Bauch weh. Gonzague rief immer wieder:

»Oh nein, echt! Wie bescheuert ist das denn. Ah! Ah! Ich kann nicht mehr.«

Wir wollten gerade weitergehen, als wir anderes Gelächter hinter uns hörten, ein paar Oktaven höher. Es kam von einer Gruppe Kinder, die mit ihrem Lehrer und einer Begleiterin ins Hallenbad gingen. Eine ganze Woge von Köpfen zog vorbei, alle warm eingemummelt. Wir drückten uns mit dem Rücken an die Wand, um sie vorbeizulassen; der Chlorgeruch war verschwunden, vielleicht hatten wir uns auch nur schon daran gewöhnt. Während sie an uns vorüberzogen, stellte ich mir all diese mageren kleinen Körper in Badesachen vor, wie sie im Wasser herumzappelten. Was für eine Tortur, so ein Hallenbad. Allein schon dieses lauwarme Fußbad, in dem man sich bloß Warzen holt, statt saubere Füße zu bekommen.

Und dann habe ich diesen Kopf wiedergesehen, ich bin sicher, dass es der gleiche war, er kam direkt auf Höhe meines Oberkörpers vorbei, und als ich hinschaute, entdeckte ich wieder eine Laus in dem schwarzen Haar. Das kleine Mädchen hing ein Stück hinter den anderen her, wir haben nie genau erfahren, warum, ich glaube, sie hat gesagt, sie hätte etwas verloren, das war jedenfalls ihre Erklärung. Vielleicht war sie auch bloß langsam. Nichts wäre passiert, hätte Florian neben mir nicht ebenfalls den Blick gesenkt und genau dasselbe gesehen wie ich. Aber mein Motto ist schließlich auch »Leben und leben lassen«, seins nicht.

Er packte das Mädchen am Schal und wirbelte es mit einem Ruck zu sich herum, wie einen Fisch an der Harpune, und sagte:

»Du kleines Dreckstück! Du bist ja völlig verlaust.«

Gonzague und Anne-Laure traten näher, Élise und ich hielten uns eher im Hintergrund. Die Kleine sagte nichts, starrte Florian nur aus ihren tiefschwarzen Augen an – während er seine Hand immer noch fest um den roten Schal geschlossen hielt, aus dem ihr kleines, braunes Gesicht hervorsah.

»Dreckstück«, zischte Florian. »Du widerst uns alle an.«

Die anderen waren schon im Hallenbad verschwunden. Es war niemand mehr da, niemand kümmerte sich um die Kleine, das war schon echt verrückt, solche Knirpse lässt man doch nicht allein.

Gonzague stieg gleich drauf ein:

»Du ekelst uns an, mit deinen Parasiten. Verstehst du, was ich sage? Du sprechen Französisch? Du bist dreckig. Hast du das verstanden?«

Das Mädchen nickte. Über ihrer Stirn tauchte eine Laus immer wieder zwischen den sorgfältig geflochtenen Zöpfchen auf und ab. Die Kleine war sechs Jahre alt, aber das wussten wir zu dem Zeitpunkt noch nicht. Seit einem Monat in der Grundschule. Sie hat nicht geweint, sie hatte eher diese merkwürdig lautlose Angst.

»Wie heißt du?«, fragte Anne-Laure, die sorgsam Abstand hielt, um sich keine Läuse einzufangen.

Mit einer jungen Frau zu sprechen, schien die Kleine ein wenig zu beruhigen, trotz des Blicks von Anne-Laure, der von kupferfarbener Kälte war. Sie murmelte:

»Elikya.«

Anne-Laure zog eine weitere Zigarette hervor. Sie ließ sich Zeit beim Anstecken, schnalzte gereizt mit der Zunge, wandte den Blick ab. Dann nahm sie ein, zwei Züge und erklärte:

»Das ist doch kein Vorname.«

»Da, wo sie herkommt, schon«, spottete Gonzague, und dann rief er mit einem starken Akzent, »Elikya! Elikya! Komm und rupf dieses fette Huhn!«

Florian hielt die Kleine immer noch am Schal fest. Sie schaute nach rechts, nach links, es war niemand da.

»Lass sie los, wir kriegen sonst Ärger«, sagte ich. »Wir kriegen Ärger, Flo, ihr Lehrer kommt bestimmt gleich wieder raus.«

Élise streckte geistesabwesend die Hand aus, um der Kleinen die Laus von der Stirn zu pflücken, die dort Delfin spielte. Das Insekt ruderte hysterisch mit den Beinchen. Élise hielt es zwischen ihren perlmuttfarbenen Fingernägeln in der Zange. Wir traten neugierig näher. Die Laus trat ins Leere, krümmte sich. Ihr Kopf war zwischen Élises Fingernägeln versteckt. Ihr Körper war fett und voller Blut. Im nächsten Moment trennte Elise den Kopf vom Körper. Die Laus hörte auf zu strampeln, und Élise warf sie auf die Erde, durchs Gitter. Und dann sagte sie:

»Die anderen müssen wir ihr auch noch entfernen.«

Und Florian, als hätte er nur darauf gewartet, zog das Mädchen am Schal und wir setzten uns wieder in Bewegung.

—

Ja, es war Élise, die das gesagt hat, ich weiß, dass manchmal anderes erzählt wurde, aber das hier ist die Wahrheit. Was nicht heißen soll, dass die Idee allein von ihr gewesen wäre oder dass sie bei dem Rest die Führung übernommen hätte. Außerdem sind wir ja auch alle mitgegangen. Ich selber habe anfangs gedacht, das ist alles nur ein Spaß und gleich kehren wir wieder um, aber als wir dann um die nächste Ecke bogen, wurde mir klar, dass ich wohl falschlag.

Und da bekam ich dann richtige Beklemmungen – so ein Gefühl, als säße mein Kopf plötzlich auf einem viel zu großen Körper, und es dauerte zehn Sekunden, bis ich mich wieder an meine Augen gewöhnt hatte, an das Dröhnen in meinen Ohren, an diese von Abgasen erfüllte Stadt. Man hat mich gefragt, warum ich weiter mitgegangen bin. Vielleicht, weil die Kleine nicht geweint hat, sie ist ohne Protest mitgegangen, und zu diesem Zeitpunkt habe ich ihre Augen nicht gesehen, ich habe nicht gesehen, ob sie verängstigt war oder ruhig. Ich hielt auch nicht den Schal fest. Ich hatte nicht die Laus getötet. Ich war ganz woanders.

Wir sind dann ziemlich bald bei Gonzague angekommen; plötzlich tauchte die Toreinfahrt an einer Straßenecke auf und die Türen öffneten sich mit einem Klicken, nachdem Gonzague den Code eingegeben hatte. Florian schob die Kleine hinein. Sie sagte immer noch nichts. Warum? Ich hatte Kopfschmerzen, wie es seit der Sache mit Mathieu häufiger vorkommt: elektrische Stöße, die vom Nacken bis zum Schädeldach aufsteigen, so stechend, dass man das Gesicht verzieht und die Zähne zusammenbeißt. Im Fahrstuhl habe ich mir die Schläfe massiert.

»Mensch, jetzt zieh doch nicht so doll, du spinnst wohl«, keifte Élise, den Blick auf Florian gerichtet.

Dabei zog er gar nicht so fest an dem Schal, die Kleine atmete ganz normal, also, schon schneller als normal, aber nicht so, als würde sie gleich ersticken. Der Fahrstuhl brauchte unheimlich lang, bis er oben war. Hinter den gläsernen Wänden entfaltete das

Schutzgitter seine bizarren Muster. In der obersten Etage kam er mit solch einem Ruck zum Stehen, dass man sich für einen Sekundenbruchteil schwerelos fühlte. Und dann drückte Gonzague die Tür auf, öffnete klimpernd das Schloss zu seinem Apartment, und wir traten einer nach dem anderen ein.

»Wo soll ich sie festbinden? An der Heizung?«, fragte Florian, als wäre das ein Scherz.

Ich lachte.

»Zieh ihr erst mal die Daunenjacke aus, sonst kommt sie noch vor Hitze um«, entgegnete Anne-Laure und ließ sich auf ein Sitzkissen fallen.

Florian öffnete den Reißverschluss an der Jacke des Mädchens (darunter trug es einen bunt gemusterten Pullover, gelb und orange, über einer dunklen Jeans) und verknotete die beiden Enden des Schals am Heizungsrohr. Ich fasste es an und hätte mich fast verbrannt, deshalb sagte ich zu der Kleinen:

»Nicht anfassen. Heiß.«

Sie starrte vor sich auf den Boden und knetete ihre Hände. Gonzague und Élise hatten sich aufs Bett gesetzt, Florian auf den Boden, während ich immer noch stand. Das Apartment ist winzig, auf den Bildern in der Zeitung wirkt es viel größer, als es eigentlich ist. Gleich neben dem Bett befindet sich eine

Kochnische, und eine Tür, die ins Badezimmer führt, das wie eine Bootskabine aussieht. Durch das Fenster, das eine ganze Wand einnimmt, sieht Paris wie plattgebügelt aus, nur hier und da ragt eine Kirchturmspitze hervor.

Wir schauten das kleine Mädchen an, wir wussten nicht so recht, was wir jetzt mit ihr anfangen sollten. Ich hatte Hunger. Ich nahm die Schachtel mit dem Ingwerhuhn aus meiner Tüte. Das warme Kondenswasser, das sich unter dem Plastikdeckel gesammelt hatte, tropfte aufs Parkett. Ich griff nach meinen Stäbchen.

»Du weißt, dass es noch nicht mal zehn ist, oder?«, fragte Élise, die in einer Fernsehzeitung blätterte.

Ich gab keine Antwort. Gonzague streckte den Arm nach einem kleinen Radio im Retrostil aus, und wir landeten zufällig bei *Europe 1*, mitten in der Titelmelodie, und dann kam eine Werbepause. Wir lauschten andächtig, während meine Stäbchen leise klapperten. Die Schärfe des gekochten Ingwers erfüllte meinen Mund, abgerundet vom Glutamat. Die Zehn-Uhr-Nachrichten fingen an und Anne-Laure stand auf, um Kaffee zu machen. Das ergab ein komisches Konzert, unser allgemeines Schweigen, das Klappern der Stäbchen, das Röcheln der Kaffeemaschine, und die Kleine, die immer noch nichts sagte, vor dem Hintergrund der Nachrichten.

Der Premierminister reiste heute früh nach Toulouse, wo es nach dem gestrigen Fußballspiel zu schweren Ausschreitungen kam, bei denen durch eine umstürzende Werbetafel ein Mensch getötet und zwei weitere leicht verletzt wurden …

Florian kicherte:

»Von Meister Proper erschlagen.«

Vor der Küste Korsikas ereignete sich gestern ein weiteres Flüchtlingsdrama, als ein Schlauchboot mit 37 Erwachsenen und 23 Kindern an Bord kenterte. Es konnten keine Überlebenden geborgen werden.

»Elikya, guck mich an«, sagte Anne-Laure.

Die Kaffeemaschine hauchte soeben ihre letzten Tropfen aus. Die Kleine hob das Kinn und sah Anne-Laure an. Anne-Laure durchquerte, so gut es ging, den kleinen Raum und setzte sorgsam ihre Schritte, um nicht auf einen von uns oder auf eine Zeitschrift oder auf meine Schachtel mit Ingwerhuhn zu treten.

»Kennst du das Wort ›Parasit‹?«, fragte sie.

Gonzague, der es sich gerade auf dem Bett bequem machte, prustete los. Élise stand am Fenster, sie wirkte nachdenklich. Die Kleine schüttelte den Kopf.

»Gut«, sagte Anne-Laure. »Pa-ra-sit. Wiederhol das.«

»Parasit«, wiederholte die Kleine.

Es war erst das zweite Mal, dass wir sie sprechen hörten, und ihre Stimme war dünn und spröde, als wenn Salz durch eine Sanduhr rieselt.

»Noch mal«, sagte Anne-Laure.

»Parasit.«

»Noch mal.«

»Parasit.«

»Sehr gut.«

Wir schwiegen alle, reglos, beunruhigt, das Radio dudelte weiter vor sich hin, aber es war, als hätten sich unsere Ohren entschieden, stattdessen auf die Stille zu lauschen. Anne-Laure beugte sich zu dem Reißverschluss ihres rechten Stiefels hinunter. Sie schob ihn langsam bis nach unten, und der hirschlederne Schaft kippte schlaff zur Seite. Sie zog ihren Fuß heraus, der in einer dunkelbraunen Strumpfhose steckte, und stellte ihn auf den Boden. Durch das transparente Gewebe sah man den Lack auf ihren Fußnägeln, aber ich weiß nicht, welche Farbe er hatte. Das Mädchen beobachtete sie dabei, und es war schwer zu sagen, ob sie Anne-Laure vertraute oder, im Gegenteil, sogar Angst vor ihr hatte. Ich habe immer Mühe, bei Schwarzen den Gesichtsausdruck zu deuten, er ist schwer zu entziffern, Anne-Laure hingegen war für mich ein offenes Buch, allerdings eines, bei dem ich Angst hatte, die Seiten umzublättern.

Sie tat das Gleiche mit dem anderen Stiefel und stellte beide ordentlich neben der Wohnungstür ab. Dann ging sie zu der Kleinen zurück und packte ihren Kopf mit beiden Händen. Zwei oder drei Minuten herrschte Stille, während ihre langen Finger in den schwarzen Haaren des Mädchens wühlten, bis sie schließlich sagte:

»Hier, siehst du das? Ein Parasit.«

Die Kleine streckte die Hand aus, um die Laus, die Anne-Laure zwischen ihren Fingernägeln hielt, zu berühren.

»Siehst du das?«, wiederholte Anne-Laure.

»Ja, Madame«, antwortete die Kleine mit ihrer zarten Stimme.

»Parasit!«, sagte Anne-Laure.

»Alle in meiner Klasse haben Läuse«, flüsterte die Kleine.

»Nicht alle. Nur so schmutzige Kinder wie du.«

Élise war unterdessen vom Bett aufgestanden und hatte einen Schrank geöffnet. Sie kramte zwischen den Konservenbüchsen und Bierdosen herum. Dann fand sie, was sie suchte, füllte ein Glas mit einer rosafarbenen Flüssigkeit und brachte es Anne-Laure.

»Wir tun sie hier rein.«

»Was ist das?«, fragte die Kleine ängstlich.

Anne-Laure tunkte zwei Finger in die Flüssigkeit und schnipste ihr ein paar Tropfen ins Gesicht. Die Kleine kniff die Augen zusammen, wodurch viele kleine Falten auf ihrer braunen Haut entstanden, zog die Nase kraus und brach erstmals in Tränen aus.

»Oh Scheiße, nein, jetzt kein Geflenne!«, schrie Gonzague vom Bett aus. »Ich kann plärrende Kinder nicht ausstehen! Seht zu, dass sie die Klappe hält, verflucht noch mal!«

Die Kleine hörte schlagartig auf zu schluchzen, aber die Tränen kullerten ihr weiter über die runden Wangen und tropften auf den Boden.

»Das ist Essig. Der tötet die Parasiten ab«, erklärte Élise.

»Hast du einen Kamm, Gonz?«, fragte Anne-Laure.

»Im Badezimmer.«

»Holst du den mal bitte, David?«

Ich stand auf, zu hastig, die Erde schwankte, und ich hielt mich am Türrahmen fest. Das Badezimmer war ein bisschen schmutzig, alles voller Seifenreste. Der Kamm lag auf einer schmierigen Glasplatte, daneben lief eine unverschlossene Zahnpastatube aus. Der Kamm war aus Horn, offensichtlich teuer, aber völlig verdreckt. Ich hielt ihn kurz unter den Wasserhahn, um die Schuppen und Gelklümpchen abzuspülen. Florians ungeduldige Stimme erklang:

»David, was machst du denn?«

»Eine Sekunde, ich spüle nur den Kamm ab.«

Draußen lachten alle, und ich trocknete den Kamm rasch an einem Roland-Garros-Handtuch ab. Dann hielt ich ihn Anne-Laure und Élise hin, die die Kleine aufgefordert hatten, sich auf den Boden zu setzen.

»Gib mir mal ein Geschirrtuch, Flo«, sagte Élise.

Florian warf ihr ein Geschirrtuch aus der Kochnische zu, streckte sich dann neben Gonzague auf dem Bett aus und starrte, wie dieser, an die Decke. Ich lehnte am Fenster, die Hand auf der Brust, weil ich Sodbrennen hatte, bestimmt wegen des Hühnchens, das ich im Schneidersitz gegessen hatte, und vielleicht auch, weil ich diese Läuse so eklig fand.

»Au!«

Der Aufschrei der Kleinen ließ uns alle zusammenzucken. Gonzague brüllte wieder rum, er könne diesen Lärm nicht ausstehen. Ich wandte mich um – die

Mädchen hatten ihr beim Kämmen offenbar an den Haaren gezogen.

»Wir müssen ihr diese blöden Zöpfe rausmachen, sonst kommen wir nie an die Läuse ran«, sagte Anne-Laure. »David, gib mal den Ascher her, der auf dem Fensterbrett steht.«

Ich reichte ihnen den Aschenbecher aus rotem Ton, auf dem noch die Abdrücke der kleinen Hände zu sehen waren, die ihn modelliert hatten, und auf dessen Unterseite ›Für Papa, von Gonzague‹ eingeritzt war. Élise und Anne-Laure lösten nach und nach die bunten Haargummis, die die Zöpfe der Kleinen zusammenhielten, und ließen sie, plick plock, in den Ascher fallen. Gonzague döste auf dem Bett vor sich hin. Florian schaute sich irgendwas auf seinem Handy an, und von Zeit zu Zeit machte er ein Foto.

»Diese Zöpfe sind widerlich, die stehen ja förmlich vor Dreck«, sagte Élise. »Ah, hier ist wieder eine!«

Im Essig schwammen inzwischen drei oder vier Läuse. Ich legte mich bäuchlings auf den Boden, auf einer Höhe mit dem Glas, und beobachtete ihre panischen Schwimmversuche, wie sie mit ihren Beinen zappelten. Die anderen Kinder im Hallenbad taten sicher gerade das Gleiche. Und die Flüchtlinge, als ihr Boot unterging. Eine Laus war plötzlich tot, und zu ihrer leblosen Masse auf der dünnen Essighaut gesellte sich eine weitere hinzu, und im Laufe der Zeit starben sie dann eine nach der anderen, während die Mädchen unablässig neue zuckende Körper ins Säurebad warfen.

Das Ganze dauerte anderthalb Stunden.

Die Kleine gab keinen Mucks von sich. Auch sie beobachtete das Glas. Und dann hörten wir plötzlich eine Art Rumpeln unter ihrem orange- und zitronenfarbenen Pullover.

»Was war das?«, fragte Gonzague vom Bett aus.

»Ich habe Hunger, Madame«, sagte die Kleine schüchtern.

Das war schon echt seltsam, wie sich ihr Blick förmlich an Anne-Laure festzuklammern schien, an ihren Augen, ihren Händen, ihrem Mund, als hätte sie erkannt, dass alles Böse und Gute auf der Welt von dieser ›Madame‹ abhing, die ihr den Kopf entlauste.

Madame stand auf, das Essigglas in der Hand, und nahm eine Schüssel aus dem Regal, in die sie eine kleine Portion gebratenen Reis vom Chinesen füllte. Sie steckte einen Löffel hinein und wollte sie gerade der Kleinen reichen, als Florian übermütig aufsprang und ihr etwas ins Ohr flüsterte. Zuerst schüttelte Anne-Laure den Kopf, aber Florian zog eine Schublade auf und nahm etwas heraus, das ich von meinem Platz aus nicht erkennen konnte. Als Anne-Laure dann mit der Schüssel zurückkam und ich sah, dass der Reis jetzt merkwürdig rosa und das Essigglas halb leer und ohne Läuse war, wurde mir alles klar, und der Kleinen auch, und mein Sodbrennen fraß sich die Speiseröhre hinauf.

»Hier«, sagte Anne-Laure.

Das Mädchen schaute die Schüssel an und verzog das Gesicht. Ich richtete mich auf. Hier und dort sah man kleine dunkle Punkte im Reis. Mir wurde schlecht und ich trat hastig ans Fenster, und als ich mich wieder umwandte, saß Florian neben dem Mädchen und sagte:

»Lecker, lecker! Parasiten für den Parasiten! Mjam!«

Und er steckte den Löffel in den Reis und hielt ihn vor ihren Mund, aber die Kleine drehte den Kopf weg, heulte aber nicht los, sicher aus Angst vor Gonzague, bis Florian sie schließlich am Nacken packte, damit sie nicht mehr ausweichen konnte, ihr mit den Fingern den Mund öffnete und eine Portion Reis hineinschob.

Sie kaute eine Ewigkeit darauf herum, die Augen von einem Tränenfilm überzogen, und musste immer wieder würgen. Élise hatte den Blick abgewandt. Sie kam zu mir herüber und legte mir die Hand auf die Schulter.

»Was macht ihr denn da, zum Teufel?«, flüsterte ich ihr zu. »Mann, das gibt Ärger …«

»Jetzt ist es sowieso zu spät«, erwiderte Élise und schluckte traurig.

Und dann gab sie mir, ohne Grund, einen Kuss auf die Wange. Danach ging sie aufs Klo, und das zarte Plätschern hallte im Zimmer wider, während die Kleine weiterhin schweigend ihren Reis hinunterwürgte.

Hinterher setzten wir uns alle in einen Kreis, aßen die restlichen Sachen vom Chinesen auf und tranken dazu Kaffee. Élise saß neben mir und legte mir immer wieder den Kopf auf die Schulter.

»In diesem Trimester wird uns wohl keiner zu unserem Zeugnis gratulieren«, sagte Gonzague mit einem Lachen.

Wir lachten alle, und schon war das Gespräch in Gang. Ich weiß nicht mehr, wer was gesagt hat, ich erinnere mich nur noch an die Worte.

»Monsieur Corrèze hat auch schon meine Mutter vorgeladen, wegen meiner Mathe-Noten.«

»Wieso, was hast du denn für Noten?«

»Gar keine. Die beiden Arbeiten habe ich einfach nicht mitgeschrieben.«

»Und was hat er zu ihr gesagt?«

»Wenn ich so weitermachen würde, würde ich nicht versetzt, und wenn doch, würde ich mein Abi nicht schaffen. Daraufhin hat meine Mutter ihm gesteckt, man müsste mir eben Zeit lassen, wegen Mathieu. Und er meinte, ›Ja, aber verstehen Sie, das ganze Grüppchen ist auf die schiefe Bahn geraten.‹«

»Das ganze Grüppchen! Ist ja süß! So reden die über uns?«

»Dein Pullover ist echt schön. Wo hast du den her?«

»Das ist ein alter von meinem Vater. Kaschmir.«

»Passt super zu der Bluse, finde ich.«

»He, wisst ihr schon das Neueste von Marguerite?«

»Was denn?«

»Sie hat bei den Eltern von Mathieu angerufen, wegen ihrem Projekt, und offenbar macht sie nach Allerheiligen mit ihnen eine Tour durch Frankreich, mit dem Auto, um Vorträge an den Oberschulen zu halten.«

»Vorträge? Worüber?«

»Was glaubst du wohl, du Blödi? Natürlich über Prävention und so.«

»Das ändert doch auch nichts mehr daran, dass …«

»Dass was?«

Schweigen.

»Ich meine, das ändert für uns doch auch nichts mehr.«

»Und ob das was ändert.«

»Ich meine, das ändert doch auch nichts mehr daran, dass er …«

»Ach so, jetzt versteh ich. Das macht ihn auch nicht wieder lebendig, schon klar. Wie oft müssen wir das eigentlich noch sagen? Wie sind wir überhaupt darauf gekommen?«

»Geht das jetzt schon wieder los? Themawechsel.«

»Gute Idee. Also, ich habe neulich mit Laurianne gesprochen, und wie es aussieht, tritt bei ihrer Party eine superbekannte Rockgruppe auf, aber sie wollte mir nicht sagen, welche.«

»Wenn die wirklich so gut wären, hätte sie es doch wohl gesagt.«

»Oder sie sind wirklich so berühmt, dass sie es nicht verraten darf. Würde mich bei ihr nicht wundern. Gehst du hin?«

»Klar. Du nicht?«

»Ich kann nicht, meine Großeltern haben goldene Hochzeit. Oh, Moment, mein Bruder ruft gerade an.«

»Nein, nicht drangehen, spinnst du? Wir kriegen Ärger, wenn der merkt, dass wir nicht in der Schule sind.«

»Schon gut, keine Sorge, ich geh nicht ran, ich bin ja nicht blöd.«

»Was macht dein Bruder eigentlich gerade?«

»Der fängt noch mal von vorn an. Er hat die Aufnahmeprüfung an der Hochschule nicht geschafft.«

»Nein, echt? Wie kommt das denn? Ich dachte, der wäre so gut?«

»Ist er auch, aber er sagt, wegen der parallelen Auswahlverfahren kommt jede Menge Abschaum aus den Vorstädten einfach so rein, ohne was dafür zu tun, während Leute wie er, die's draufhaben und in einem guten Vorbereitungskurs waren, am Arsch sind.«

»Das wundert mich nicht, ist doch überall das Gleiche. Man könnte echt ausrasten! Da wäre ich auch angepisst.«

»Isst du die Frühlingsrollen nicht auf?«

»Nein, nur zu, bedien dich.«

»Hast du eine Schneidemaschine?«

»Eine Schneidemaschine? Was willst du denn schneiden? Brot? Oder Rasenkanten?«

»Sehr witzig. Eine zum Haareschneiden, natürlich.«

»Klar, so was muss ich irgendwo haben. Gibst du mir mal den Kaffee rüber?«

»Sagt mal, was machen wir denn jetzt noch? Und was ist mit heute Nachmittag? Bleiben wir hier?«

»Ins Kino gehen wir jedenfalls nicht, das kann ich dir sagen. Wir können hier jetzt nicht einfach abhauen, falls du's noch nicht bemerkt hast.«

Und dann kam plötzlich aus dem Radio dieser Sirenenton, der einem das Trommelfell zerreißt, und alle waren still, während eine Männerstimme sagte:

Das Justizministerium meldet soeben einen möglichen Fall von Kindesentführung. Die sechsjährige Elikya Goma verschwand heute Vormittag in Paris in unmittelbarer Nähe des Stadtbads im siebten Arrondissement. Elikya Goma ist afrikanischer Herkunft, hat geflochtenes Haar und ist bekleidet mit einer schwarzen Jacke und einem roten Schal. Handeln Sie nicht eigenmächtig. Sollten Sie über Informationen verfügen, die zum Auffinden des Mädchens beitragen könnten, wählen Sie bitte folgende Rufnummer.

Die zehn Ziffern der Telefonnummer prallten in der Stille von den Wänden ab. Die Kleine starrte das Radio an, als wäre es ein Engel. Einen Moment lang war alles in der Schwebe, eine kleine Blase, die man zwischen zwei Fingern hält.

Und dann sagte Florian:

»Was machst du da, Gonzague?«

»Wieso? Was soll ich machen?«

»Mit deinem Handy.«

»Was? Nichts! Ich spiele *Angry Birds*.«

Florian sprang vor wie ein Löwe und warf sich mit seinem ganzen Gewicht auf Gonzague. Das Bett stöhnte auf, während Gonzague keinen Laut von sich gab. Florian hatte ihn in den Solarplexus getroffen, und ein paar Sekunden lang schnappte er vergeblich nach Luft, vornübergebeugt, als wollte er sich übergeben.

Florians Finger schlossen sich um das iPhone und seine Knöchel traten weiß hervor, so weiß wie seine Nasenflügel.

»Wer hat sonst noch ein Handy?«

»Bist du jetzt völlig durchgeknallt?«, fragte Anne-Laure. »Jeder von uns hat ein Handy.«

»Die packen wir jetzt alle in die Schublade«, sagte Florian. »Und da bleiben sie auch.«

Irgendetwas in seiner Stimme, die plötzlich schrill und zittrig klang, erinnerte mich an jenen Abend im

Krankenhaus, und ich hatte das machtvolle, dumpfe Gefühl, das alles schon mal erlebt zu haben. Ich wusste genau, was Anne-Laure jetzt sagen würde, mit einer erstaunlich klaren, weichen Stimme – sie, die sonst immer spricht wie ein knarrender Ast –, ich war absolut sicher, dass sie sagen würde: »Florian, du weißt genau, dass wir alle im selben Boot sitzen.«

Ich weiß nicht, ob diese Erinnerung uns alle im selben Moment einholte, aber sogar die Kleine sah so aus, als spürte sie, dass Dinge aus der Vergangenheit unser Blut in Wallung brachten, und alle holten ruhig ihr Handy raus und legten es, einer nach dem anderen, in die Küchenschublade, zwischen das lose Besteck, und Florian schob die Lade wieder zu.

»Gut. Machen wir jetzt mit der Entlausung weiter, oder was?«, sagte Gonzague, als wäre nichts gewesen.

»Wir? Soweit ich sehe, hast *du* hier noch überhaupt niemanden entlaust«, erwiderte Élise.

»Ihr stellt euch aber auch echt dämlich an.«

Gonzague stand bedächtig auf und ging ins Bad. Er kam mit einer Nagelschere wieder heraus, die ebenso verdreckt war wie der Kamm. Er ließ sie auf- und zuschnappen, auf und zu, und sie knirschte vor Schmutz.

Die Kleine starrte ihm angstvoll entgegen, und ein Tränenfilm überzog ihre Augen.

»Madame«, murmelte sie, zu Anne-Laure gewandt.

Und dann so etwas wie ›Ich will nach Hause‹, und da hätte ich fast gesagt, wir beenden das Ganze, wir rufen im Ministerium an, aber dann stieß sie irgendwelche unverständlichen Laute aus, und das ging Florian und Gonzague auf die Nerven.

»In Frankreich wird französisch gesprochen«, sagte Florian. »Hast du das jetzt kapiert?«

Sie nickte wie besessen, der Schal um ihren Hals zog sich zu und sie schluckte mühsam.

»Okay«, sagte Gonzague. »Guck mich an, wenn ich mit dir rede. Deine Haare sind zu dick, um die Läuse rauszukämmen. Kapiert?«

Die Kleine nickte wieder.

»Also schneide ich sie dir jetzt ab, und mit den Haaren kommen auch die Läuse runter. Kapiert?«

Die Kleine sah wieder zu Anne-Laure hinüber und formte mit den Lippen ›Madame‹. Mit genervter Miene wandten wir uns alle ab, wir konnten einfach nicht begreifen, wieso Anne-Laure in den Augen dieses Görs einen fast schon mystischen Status einnahm, wieso ausgerechnet sie mit ihrem weißblonden Haar die Hoffnung dieser kleinen Schwarzen schürte, wo doch Élise mit ihrer dunkelbraunen Mähne und dem sanften Blick im selben Raum war.

Anne-Laure zog gelassen eine Zigarette hervor und ließ ihr Feuerzeug klicken. In aller Ruhe inhalierte sie den ersten Zug, dann nickte sie Gonzague auffordernd zu.

Gonzague setzte sich neben das Mädchen. Er ist riesig, sogar im Sitzen, und überragte sie um mehrere Köpfe. Er griff nach einer der vom Kämmen zerzausten Strähnen, die wie Stalagmiten senkrecht nach oben standen, und zückte die Schere.

Eine kleine Schere, eine kleine Strähne. Schnipp, schnipp, schnipp, sangen die Klingen bei jedem Büschel, und Gonzague sammelte die schwarzen Strähnen in seiner Handfläche und legte sie in den Aschenbecher.

»Mit den Haaren kommen auch die Läuse runter, kapiert?«, wiederholte er an das Mädchen gewandt, dessen Unterlippe zitterte.

Anne-Laure trat näher und hielt ihre Zigarette an die Haare im Ascher. Alle rückten neugierig heran. Tänzelnd verbrannte ein Haar nach dem anderen, krümmte sich wie eine Assel, seine Spiralen rollten und entrollten sich in der Schale aus Ton. Der Geruch nach verschmortem Haar wirkte seltsam berauschend, und Gonzague stand schwungvoll auf, als hätte ihm dieses Ballett neue Kraft verliehen.

»Mein liebes Fräulein«, sagte er zu der Kleinen, »welcher Schnitt soll's denn heute sein? Ganz klassisch oder eher ein Bob? Hinter den Ohren etwas angestuft?«

Florian lachte wie ein Irrer, und ich beobachtete Élise, die gedankenverloren an ihren eigenen Locken zog.

»Ich habe mir neulich die Haare schneiden lassen«, sagte sie, als sie meinen Blick bemerkte. »Und ich sag dir, was diese Friseuse die ganze Zeit labert, das geht echt gar nicht. Ich weiß nicht, wie die darauf kommt, dass mich so was interessiert, diese Geschichten von ihrem Hund, den sie vorm Urlaub irgendwo unterbringen muss.«

»Kannst du nicht so tun, als würdest du lesen?«

»Mach ich doch! Ich hab extra *Das Sein und das Nichts* mitgenommen, damit sie auch wirklich kapiert, dass ich keine Lust auf dieses Gelaber habe. Aber die hat mich trotzdem vollgeschwafelt, mitten in einem superkomplizierten Satz fing sie plötzlich an, mir zu erklären, was ich für eine Haarstruktur habe, und als ich dann genickt habe, hat sie erst richtig losgelegt und ein bescheuertes Thema nach dem anderen abgespult, irgendwelchen Spießerkram, der mich kein bisschen interessiert. Sie hat mir von Anfang bis Ende erzählt, wie sich ihr Macker einen gebrauchten Clio gekauft hat, mit dem er jetzt ständig liegenbleibt!«

Ich kam fast um vor Lachen:

»Ich kann mir richtig vorstellen, wie du dich mit einer Friseuse über Gebrauchtwagen unterhältst!«

Plötzlich wurde sie ernst:

»War schon ein komischer Zufall.«

»Was für ein Zufall?«

»Dieser gebrauchte Clio, den hat ihr Freund bei diesem … na ja, du weißt schon, gekauft. Im selben Laden wie Mathieu.«

Ich konnte es echt kaum glauben, dass sie schon wieder von Mathieu anfing. Kann man sich denn überhaupt nicht mehr normal unterhalten?

»Na und? Das ist doch kein Zufall! Tausende von Leuten gehen jedes Jahr in diesen blöden Laden! Ist ja nicht so, als gäbe es …«

»Der Typ ist immer noch da«, unterbrach sie mich. »Ich hab sie gefragt, die Friseuse, ob da immer noch dieser große Schwarze arbeitet, und sie hat gesagt, ›Ja, das ist der Geschäftsführer, der ist immer noch da.‹«

»Na und? Was heißt das schon? Natürlich ist er noch da, wo soll er sonst sein? Soweit ich weiß, wurde er nicht zum Tode verurteilt!«

»Jetzt reg dich nicht auf, David, was ist denn los mit dir?«

»Ich reg mich nicht auf. Ich hab einfach die Schnauze voll von dieser Geschichte. Wir können nicht immer nur allen anderen die Schuld geben. Kann doch jedem mal passieren, dass er vergisst, eine Schraube anzuziehen. Manche Chirurgen lassen ihr Skalpell in der Bauchhöhle liegen, da kann ein Mechaniker doch auch mal vergessen, ein Rad richtig zu befestigen!«

»Ach ja?«, erwiderte Élise, kreidebleich. »Komisch, vor kurzem hast du noch ganz anders geredet.«

»Wir können nicht immer nur diesem Typen die Schuld geben«, wiederholte ich. »Hat doch keinen Sinn, sich an dem zu rächen.«

»Tun wir doch auch gar nicht. Dem geht's gut, dem Typen, der macht weiter seine Geschäfte.«

»Umso besser für ihn.«

Élise zog eine Fernsehzeitung aus dem Zeitschriftenstapel und verschanzte sich dahinter. Anne-Laure war damit beschäftigt, die Fusseln von ihrem Kaschmirpulli abzusammeln. Ihre langen Finger schlossen sich um die Wollknötchen, zupften sie ab und legten sie in den Ascher, wo sie ein flauschiges kleines Nest bildeten.

Die Haare des Mädchens lagen dort schon in großen Büscheln. Einige hellgraue Nissen waren zu sehen, und hier und da eine verunsicherte Laus, die sich an die Strähnen klammerte.

Als ich den Blick hob, sah ich erstaunt, dass Florian den Kopf der Kleinen umfasst hielt, ganz sanft und vorsichtig, wie man eine zerbrechliche Kristallkugel hält. Gonzague ließ weiter die Schere klappern. Das Mädchen sah ziemlich lustig aus, wie gerupft, mit diesen kurzen, zusammengedrehten Haarbüscheln, die wie schwarze Flämmchen vom Kopf abstanden. Gonzague sagte:

»David, hol mal den kleinen Spiegel aus dem Bad.«

Der Spiegel war mit rötlichen Flecken gesprenkelt und zwei Schlieren getrockneter Zahnpasta zogen sich quer darüber. Ich spülte ihn gemächlich mit lauwarmem Wasser ab. Er warf mir mein Spiegelbild zurück, verzerrt, verwässert. Dann trocknete ich ihn mit dem Roland-Garros-Handtuch ab und brachte ihn Gonzague.

»Bitte sehr, mein Fräulein, Ihre neue Frisur, stets

zu Diensten«, sagte Gonzague zu der Kleinen. »Gefällt sie Ihnen?«

Die Kleine nickte, aber von dort, wo ich stand, konnte ich sehen, dass sie die Augen geschlossen hatte, sie wollte sich nicht im Spiegel sehen.

»Ist aber noch was übrig«, bemerkte Florian.

»Dann müssen wir jetzt zu einem anderen Werkzeug greifen«, antwortete Gonzague.

Er leerte die Haare in den Mülleimer in der Küche, als plötzlich eine lang gezogene Polizeisirene vor dem Haus unsere Gesichter erstarren und unseren Atem stocken ließ. Ich trat ans Fenster. Weit unten auf der Straße fuhr der blaue Wagen vorbei, das Intervall der Sirene rutschte ein paar Töne tiefer, bis ihr Heulen sich schließlich in der Ferne verlor.

»Sind deine Nachbarn zu Hause?«, fragte ich Gonzague.

Er zuckte die Achseln.

»Keine Ahnung. Ich kenne meine Nachbarn nicht. Die Wohnung gegenüber steht leer, das ist sicher, die ist zu vermieten, aber die Leute unter mir kenne ich nicht. Wieso?«

»Weil … Ich weiß nicht, aber vielleicht wäre es besser, wenn sie uns nicht hören.«

»Wir feiern doch keine Rave-Party.«

»Das nicht, aber wenn ich richtig verstanden habe, ist jetzt der Haarschneider dran.«

Ich hatte richtig verstanden. Florian war schon im Bad, und ich hörte das Klicken, mit dem die Klinge einrastete.

Gonzague, Élise und Anne-Laure wechselten erstaunte Blicke.

»Na und?«, meinte Gonzague, aber er klang nicht überzeugt. »Das ist schließlich ein ganz normales Geräusch. Schlimmstenfalls werden sie denken …«

»Und wenn sie wieder losheult?«, unterbrach ihn Anne-Laure.

»Kriegt sie eine gelangt«, antwortete Gonzague.

»Mann, du bist echt bescheuert«, sagte Élise. »David hat Recht. Die Nachbarn werden das komisch finden. Noch dazu mit der Entführungsmeldung und allem …«

»Und was schlagt ihr vor? Dass wir sie stattdessen nass rasieren?«

»Nein«, sagte Élise und stand auf. »David und ich, wir klingeln unten bei den Nachbarn. Dann wissen wir, ob sie da sind.«

In diesem Moment kam Florian aus dem Bad und runzelte die Stirn.

»Was ist das denn für eine Idee?«

»Eine gute, finde ich«, mischte sich Anne-Laure mit ruhiger Stimme ein.

»Finde ich überhaupt nicht«, murmelte Florian.

»Wovor hast du denn Angst?«, sagte Élise lachend. »Dass wir euch auffliegen lassen? Du bist echt ein Schisser! Komm, David, wir gehen.«

Florian drückte versehentlich auf den Knopf an der Maschine, und alle waren überrascht von ihrem sonoren Brummen, das von den Wänden der kleinen Wohnung abprallte und uns bis ins Mark drang. Er schaltete sie aus, und das Zimmer hüllte sich wieder in Schweigen.

Ich stand auf und öffnete die Wohnungstür. Élise folgte mir nach draußen, und ich zog die Tür so vorsichtig ins Schloss, dass im Treppenhaus nur ein leises Klicken zu hören war.

—

Das Treppenhaus roch unglaublich gut. Das Holz verströmte einen fast schon erstickenden Bohnerwachs-Geruch, und aus dem roten, orientalisch gemusterten Treppenläufer, der mit dünnen Kupferstäben an den

Stufen befestigt war, stieg dieser Duft nach Staub und Regen auf, den man noch besser wahrnimmt, wenn man, wie damals als Kind, die Stufen auf allen vieren hochkrabbelt.

Élise war schon halb in der unteren Etage. Ich holte sie wieder ein:

»Wollen wir da wirklich klingeln?«

»Was willst du denn sonst machen?«

»Ich weiß nicht, ich dachte … das wäre vielleicht eine Gelegenheit, sich aus dem Staub zu machen.«

»Wovor willst du denn weglaufen?«, gab sie zurück, und dann fing sie an zu lachen und sagte wieder: »Wovor willst du weglaufen?«

Wir waren in der unteren Etage angekommen. Eine Fußmatte in Form eines Igels zierte den Eingang zu der Wohnung, die sich unter der von Gonzague befand. Élise drückte entschlossen auf die Klingel.

»Was sagen wir, wenn jemand aufmacht?«, murmelte ich.

»Dass wir uns in der Etage geirrt haben.«

Wir warteten und warteten, und schließlich war ein leises Rascheln zu hören.

Wenige Sekunden später öffnete sich die Tür und ein kleiner Mann erschien in dem Spalt, ein Lächeln auf den Lippen, der Blick seltsam verschleiert.

»Immer herein mit Ihnen«, sagte er, »immer herein.«

Er machte gleich wieder kehrt, schlurfte auf seinen Pantoffeln davon und ließ die Tür offen stehen, während Élise und ich uns entgeistert ansahen.

»Verzeihung, Monsieur«, rief Élise mit unsicherer Stimme, »wir ... äh ... ich glaube, wir haben uns geirrt ...«

»Aber nein, durchaus nicht, sie ist da, kommen Sie nur herein«, wiederholte der alte Mann vom anderen Ende der Wohnung.

»Los, wir hauen ab«, sagte Élise.

»Hast du sie nicht mehr alle? Wenn wir jetzt abhauen, wird ihm das erst recht verdächtig vorkommen.«

Ich überschritt die Schwelle und trat in die Wohnung. Élise folgte mir und schloss die Tür hinter sich.

Die Wohnung war lichtdurchflutet, warm und ruhig, eine von diesen sepiafarbenen Altbauwohnungen, mit den dunklen, holzverkleideten Wänden, dem dicken, cremefarbenen Teppich, den Kommoden und Anrichten und Schränken mit altem Porzellan darin. Vor einem Fenster lag eine Katze auf dem Boden und schlief, inmitten einer Pfütze aus Licht. In einer Vase stand ein Strauß wunderschöner Blumen, mit runden, üppigen Blüten. Als ich eine davon berührte, zerfiel sie sofort und verstreute weiträumig ihre Blätter. Élise flüsterte:

»Pfingstrosen darf man doch nicht anfassen, du Idiot.«

»Kommen Sie, hier entlang«, wiederholte der alte Herr von ferne. »Fühlen Sie sich ganz wie zu Hause.«

Wir folgten der Stimme, die uns in die Küche führte. Tastend bewegte sich der Mann durch den Raum und stellte Trockenfrüchte, Teetassen und Gebäck auf ein hölzernes Tablett. Er wandte sich zu uns um, das Lächeln immer noch wie festgewachsen auf den Lippen, und erst jetzt nahmen wir wahr, dass seine Augäpfel mit einer weißlichen Schicht überzogen waren, vom grauen Star.

»Ich kann fast nichts mehr sehen«, sagte er lachend, »aber ich habe die Plätzchen schon probiert, die sind gut, mein Enkel hat sie mir letztes Mal mitgebracht, eine neue Marke – hier, probieren Sie mal, innen drin ist irgendwas Knuspriges, ich weiß nicht genau, was, gebrannte Mandel oder so … Kommen Sie, wir gehen rüber ins Wohnzimmer.«

Wir nahmen uns jeder ein Plätzchen und kauten

darauf herum, während wir dem Greis in das lichtdurchflutete Nebenzimmer folgten. Zwei große, braune Ledersofas standen den bodentiefen Fenstern gegenüber, die auf winzige Balkone hinausführten. Eines der Sofas wurde fast völlig von einer alten Dame eingenommen, die dort schlief und ebenfalls lächelte, aber mit geschlossenen Augen.

»Wie Sie sehen«, sagte der alte Mann, »ist sie nicht besonders in Form. Bertille, die beiden Pfleger sind gekommen. Heute geht es aber schon wieder etwas besser«, fügte er, an uns gewandt, hinzu.

Ich schaute Élise an und fand die gleiche Frage in ihrem Blick. Wann würden diese Pfleger kommen, die sie erwarteten? Die alte Dame öffnete ihre Augen einen Spaltbreit und flüsterte:

»Ich dachte, wir hätten gesagt, am späten Nachmittag.«

»Sei doch froh, dass sie es schon früher einrichten konnten«, sagte der alte Mann und fügte lächelnd hinzu: »So ist sie immer, meine Frau. Wie heißen Sie denn eigentlich?«

»Maria«, sagte Élise.

»Josef«, sagte ich, weil es das Erste war, was mir einfiel.

»Schön, schön, schön«, sagte der alte Mann. »Also,

wir dachten, erst mal in die Wanne, stimmt's, Bertille, erst mal in die Wanne? Und dann …«

Aber wir hörten gar nicht mehr zu. Über unseren Köpfen, jenseits der Zimmerdecke, von der ein glitzernder Kronleuchter herabhing, erhob sich ein anhaltendes, dumpfes Brummen.

»Nicht nach oben schauen«, zischte Élise.

Ich schaute nicht nach oben, ich war wie zu Eis erstarrt, am Boden festgewachsen. Im Geiste sah ich Gonzague mit dem Haarschneider, oder vielleicht Florian, oder auch Anne-Laure, und plötzlich wurde das Brummen etwas höher, und an dieser Änderung der Tonhöhe konnte man erahnen, wie die Maschine mit einem kaum noch behaarten Schädel in Berührung kam.

Élise holte mich unsanft wieder zurück, indem sie mit fester Stimme sagte:

»Gut, kein Problem. Dann gehen wir jetzt ins Badezimmer. Kommen Sie, Madame, ich helfe Ihnen beim Aufstehen.«

Ihre Stimme war voll und klar, aber das Brummen der Maschine erfüllte weiterhin meine Ohren, und ich konnte nicht begreifen, dass dieser Lärm weder den alten Mann noch die alte Frau zu stören schien, ich begriff nicht, wie sie da sitzen bleiben und immer noch lächeln konnten, statt sich zu fragen, woher dieses ohrenbetäubende Dröhnen kam.

Von dem ich erzitterte, von dem die Wände erzitterten.

Élise hatte die Hände unter den linken Arm der alten Dame gelegt und half ihr beim Aufstehen. Wie ferngesteuert stellte ich mich auf die andere Seite und umfasste ihren rechten Arm, der sich fleischig und warm anfühlte. Der blinde Alte hatte ein kleines Kofferradio eingeschaltet und saß mit zufriedener Miene in einem Sessel am Fenster.

»Die zweite Tür links im Flur«, krächzte die alte Frau und ganz langsam geleiteten wir sie ins Badezimmer.

Der Haarschneider über unseren Köpfen brummte immer noch. Élise schaltete das Licht im Badezimmer ein, das makellos sauber und mit flauschigen weißen Handtüchern ausgestattet war.

»Ihr müsst mir beim Ausziehen helfen, meine Lieben«, sagte die alte Dame. »In meinem Alter fällt mir das schwer.«

Ich machte eine Bewegung in Richtung Tür, aber Élise bohrte ihren Blick in den meinen, und dieser Blick sagte: »Wag es ja nicht!« Wir halfen der alten

Dame beim Hinsetzen, dann griff jeder von uns nach einem ihrer Hausschuhe, und als wir sie ihr ausgezogen hatten, wackelte sie mit den Zehen. Das Geräusch des Haarschneiders war im Badezimmer noch genauso laut, es hallte von den glänzenden Fliesen wider.

Mit zugeschnürter Kehle beugte ich mich über die Wanne und drehte hastig die beiden Wasserhähne auf, um den Haarschneider zum Schweigen zu bringen. Das Wasser schoss sturzbachartig heraus. Ich stellte die richtige Temperatur ein, während Élise der alten Dame ihre graue Feinstrickjacke und den dazugehörigen Rock auszog.

»Mach doch auch etwas Schaumbad rein, mein Lieber«, sagte die alte Dame. »Das da hinten, das mit Kokos drin.«

Ich griff nach der Plastikflasche, und die weiße Flüssigkeit vermischte sich mit dem sprudelnden Wasser und sofort bildeten sich dicke Schaumwolken an der Oberfläche.

»Das ist von *Ushuaïa*«, flüsterte die alte Dame mit einem komplizenhaften Lächeln. »Kennt ihr Ushuaïa?«

Élise und ich schüttelten den Kopf.

»So heißt auch ein Ort in Argentinien«, sagte die Frau. »Francis und ich sind dort mal gewesen, vor langer Zeit, ach je!, da wart ihr beide noch gar nicht auf der Welt.«

Élise hatte inzwischen den BH der alten Dame geöffnet und hängte ihn an einen Haken. Die beiden Brüste, die von zahllosen Äderchen gemasert waren, sackten schlaff auf den Bauch hinunter.

»Sie müssen jetzt aufstehen«, sagte Élise sehr sanft. »Sind Sie bereit?«

Die Alte erhob sich, und Élise zog ihr die riesige weiße Unterhose aus, und endlich war sie vollkommen nackt, bis auf ihre grauen Haare, die von einem schmalen geblümten Haarband zusammengehalten wurden. Das Wasser in der Wanne stieg schnell, es streifte schon die metallische Einfassung des Überlaufs. Ich drehte die beiden Hähne zu. Die schauerliche Musik des Haarschneiders, mit ihren mal tiefen, mal hohen Tönen, setzte sich wieder durch, und meine Handflächen überzogen sich mit öligem Schweiß.

»Josef, hilf der Dame in die Wanne«, sagte Élise.

Ich umfasste das Bein der alten Dame, spürte die warme, weiche Haut, und ließ es in das schaumbedeckte Wasser gleiten. Sie musste ein bisschen die Zähne zusammenbeißen, weil es so heiß war, aber dann sagte sie, es hätte genau die richtige Temperatur. Sie war ziemlich klein – nur ihr Kopf ragte aus der Schaumwolke hervor.

Stille breitete sich im Badezimmer aus, bis auf den Gesang des Haarschneiders natürlich.

Eine Minute lang, dann zwei.

Dann drei.

Dann vier. Und dann hielt ich es nicht mehr aus und stieß mit erstickter Stimme hervor:

»Was ist das denn bloß für ein Brummen?«

Élise warf mir einen entsetzten Blick zu. Die alte Dame öffnete die Augen und sagte leise:

»Sicher irgendein kleines Insekt.«

Dann schloss sie wieder die Augen, und Élise, in dem Bemühen, sich nichts anmerken zu lassen, fing hastig an, den Arm der alten Dame mit dem Schwamm abzureiben.

Und dann ertönte plötzlich ein Schrei über unseren Köpfen – der lang gezogene, absurde Klagelaut eines Kindes, daran gab es keinen Zweifel, es war ein kleiner Mensch, der da heulte, dann ein paar Schluchzer, und dann wieder ein lang gezogenes Plärren, ein entsetzliches Wimmern. Ich ließ mich mit dem Rücken an der Wand hinuntergleiten, halb erstickt vor Angst.

Eine tiefe, wütende Stimme, mit Sicherheit Gonzague, sagte etwas, das keiner verstand – und sofort trat Stille ein, kurz und trocken wie ein Peitschenhieb, bevor im nächsten Moment wieder das Geheul anhob, noch lauter als zuvor.

»Was ist das jetzt wieder?«, fragte Élise, und ich sah, dass sie den Schwamm zusammendrückte, als hinge ihr Leben davon ab.

»Was denn, meine Liebe?«, murmelte die alte Dame.

»Na, dieses … dieses Geschrei«, stammelte Élise.

Die alte Dame zuckte die Achseln und ließ sich mit einem Ausdruck größten Behagens noch tiefer in ihr Schaumbad sinken.

»Alles in Ordnung bei euch?«

Die Stimme des alten Mannes ließ uns zusammenzucken. Er stand in der Badezimmertür und ließ seinen verschleierten Blick über die Szene schweifen.

»Alles gut«, sagte Élise. »Alles gut, wunderbar.«

»Ist das ein Gejaule da oben, was? Hört ihr das auch?«

»Was denn? Ich höre nichts«, sagte die alte Dame.

Der alte Mann fing an zu lachen und keuchte dabei wie ein kleiner Motor.

»Die Glückliche, sie hört nicht mal, wie dieses Kind da oben plärrt!«

Élise und ich setzten das gleiche Lächeln auf.

»Unsere früheren Nachbarn«, sagte der alte Herr, »das waren … was waren das noch mal, Bertille?«

»Vietnamesen!«

»Vietnamesen. Oh, sehr angenehme Leute! Doch, doch, sehr ruhig, alles wunderbar, und alles auch immer schön sauber, die Kinder sehr höflich. Nach zwei, drei Jahren sind sie wieder ausgezogen, der Vater hatte Arbeit in Antibes gefunden.«

»Zu Weihnachten haben sie uns eine Karte geschrieben.«

»Ja, die war sehr hübsch. Danach, nun ja, da waren wir weniger zufrieden, da hatten sie die Wohnung an Leute vermietet, die waren ein bisschen … also, nicht wirklich störend, aber doch lauter. Wie hießen die noch mal, Bertille?«

»Ach herrje, irgend so ein ausländischer Name.«

»Ja, na ja, jedenfalls sind die auch wieder ausgezogen, wir wissen nicht genau, warum, aber der Eigentümer wollte ihren Vertrag nicht verlängern. Und wer wohnt jetzt da oben?«

»In der großen Wohnung oder in der kleinen?«

»In der großen.«

»Niemand, Francis, das weißt du doch, sie haben gesagt, sie haben noch niemanden gefunden.«

»Ach, stimmt, du hast Recht.«

Sie schwiegen einen Moment, und das Weinen des Mädchens da oben war immer noch zu hören, es schnürte uns die Luft ab, Élise und mir, und ich sagte atemlos:

»Wenn da oben keiner wohnt, woher kommt dann dieser Lärm?«

Der alte Mann und die alte Frau zuckten die Achseln.

»Ist das Wasser gut so?«, fragte der Mann.

»Ja, aber ich muss jetzt wieder raus, sonst verwandele ich mich noch in einen Frosch«, scherzte die Frau.

Ich fischte nach dem Badewannenstöpsel, und das Wasser lief gurgelnd ab. Wir halfen der alten Dame wieder hoch, die zu uns sagte:

»Oje, mir ist ganz schwindelig, von dem heißen Wasser.«

Das Weinen über uns war leiser geworden, es klang jetzt eher wie ein unablässiges Wimmern, von Schluchzern durchbrochen, das sich aber immer weiter abschwächte und an Intensität verlor.

Als wir die alte Dame in ein langes Handtuch gehüllt und behutsam wieder angezogen hatten, war jedes Geräusch verstummt.

Wir gingen ins Wohnzimmer zurück, wo der alte Mann Käsestangen und Chips für uns hingestellt hatte, und nahmen auf den Sofas Platz. Gemeinsam fingen wir an zu knabbern, das alte Ehepaar erzählte uns von einer Reise nach Schweden, wo ihre älteste Tochter als Reiseführerin arbeitete.

Und dann ertönte wieder die Sirene aus dem Kofferradio, und ein weiteres Mal brach die Entführungsmeldung über uns herein, über Élise und mich, und in meinem trockenen Mund verwandelte sich der Käse in Wachs.

Die beiden Alten hörten nichts, verstanden nichts, erzählten von ihrer Enkelin, die gerade anfing zu sprechen, von ihren lustigen Formulierungen, ihren reizenden Grammatik- und Aussprachefehlern. Ich hätte am liebsten geheult, ein ganzer Ozean aus Rotz verstopfte mir die Nase, zwischen den Augen, ich hätte das Radio gern an die gewaltige, fleischige Ohrmuschel des alten Mannes gehalten und ihn dazu gezwungen, sich die Entführungsmeldung anzuhören.

Aber stattdessen lächelten wir nur, Élise und ich, nickten freundlich und dann, nachdem wir schon über eine Stunde dort waren, sagten wir, wir würden der alten Dame noch helfen, ihre Medikamente einzunehmen, und dann gehen. Wir drückten ihr jede einzelne Pille aus der Packung und hielten das Wasserglas für sie, während sie sie runterschluckte.

»Ihr seid sehr freundlich«, sagte die alte Dame zu uns.

»Die Bezahlung regeln wir über die Agentur?«, fragte der Mann.

»Ja«, antwortete Élise.

»Und Sie kommen übermorgen wieder, zur gleichen Zeit?«

»Ja«, sagte ich.

»Gut. Sehr schön. Wir sind Ihnen sehr verbunden, wissen Sie?«

»Vielen Dank. Auf Wiedersehen, Monsieur.«

»Auf Wiedersehen!«

Er drückte die Tür ins Schloss, und wir warteten, bis sich seine schlurfenden Schritte durch den Flur entfernten, erst dann stiegen wir wieder langsam die mit Teppich ausgelegte Treppe hinauf, in die darüberliegende Etage.

»Was habt ihr denn so lange gemacht? Wir dachten schon, ihr hättet euch verpisst.«

»Wo ist das Mädchen?«

»Wo habt ihr gesteckt?«

Mein Blick hüpfte wie ein Floh durch das ganze

Zimmer. Auch Élise warf ängstliche Blicke nach links und rechts, als wäre sie verloren ohne den Anblick dieser baumrindenfarbenen Haut.

»Hört auf damit, hört endlich auf«, sagte Élise immer wieder. »Wo ist sie? Im Ernst, wo habt ihr sie gelassen?«

Und dann plötzlich der Schrei:

»Was habt ihr mit ihr gemacht, verdammtnochmal?«

»Brüll hier nicht so rum, du hast sie wohl nicht mehr alle!«

Und im nächsten Moment hatte sich Gonzague auch schon auf Élise gestürzt und versuchte ihr mit seiner großen, erstaunlich weißen und behaarten Hand den Mund zuzuhalten. Ich konnte kaum den Blick von dieser Hand abwenden, die auch noch aussah, als wäre sie kalt, und deren Handgelenk an den Hals eines schlecht gerupften Hühnchens erinnerte.

Anne-Laure lag auf dem Boden, rauchte eine Zigarette und starrte an die Decke. Die Asche türmte sich zu einer Säule auf. Florian stand am Fenster und beobachtete Gonzague, der Élise immer noch die weiße, behaarte Hand auf den Mund presste und ihr Gezeter erstickte.

Ganz ruhig sagte ich:

»Wir waren unten. Bei den Nachbarn ein Stockwerk tiefer. Die haben gerade jemanden erwartet und uns mit denen verwechselt. Sonst haben wir nichts gemacht, wir sind nirgendwo hingegangen.«

Ich hob beide Hände, wie im Film, als könnten sie damit rechnen, dass ich gleich meine Knarre ziehe.

»Ich habe dir nie getraut, David«, sagte Gonzague mit seltsam schleppender Stimme. »Von Anfang an, seit Mathieu dich in die Clique mitgebracht hat, hatte ich das Gefühl, dass du nicht ganz koscher bist.«

»Das ist dein Problem, Alter, nicht meins. Mathieu hat mir immer vertraut. Kannst du Élise jetzt loslassen?«

»Komisch, aber Élise habe ich auch noch nie getraut«, fuhr Gonzague fort. »Immer am Tuscheln und Lästern mit Marguerite. Bei denen weiß man nie, woran man ist.«

Ich sah Florian an, aber der hielt den Blick auf seine Hände gesenkt. Er hatte sich irgendetwas um die Finger gewickelt, das er immer wieder schnappen ließ und in sich verdrehte. Es war ein Haargummi der Kleinen.

»In Ordnung«, sagte ich heiser. »Wir klären das jetzt ein für alle Mal, okay, Gonzague? Ich gebe dir mein Ehrenwort, dass Élise und ich die ganze Zeit unten waren, bei den Nachbarn hier drunter. Sie haben Geräusche gehört, sind aber nicht misstrauisch geworden. Das ist die Wahrheit. Und jetzt sag mir, wo das Mädchen ist!«

Florian warf das Haargummi auf den Boden und ließ sich aufs Bett fallen. Dann sagte er:

»Es ist gut, Gonzague, lass Élise los.«

Gonzague ließ Élise so plötzlich los, dass sie das Gleichgewicht verlor. Ich hielt sie am Ellbogen fest. Anne-Laure unten auf dem Boden prustete los, die Aschesäule brach zusammen und rieselte ihr in den Mundwinkel.

»Was gibt es da zu lachen?«, fauchte Élise.

»Nichts. Aber das hat ja nicht lange gedauert.«

»Was?«

»Dass du einen Ersatz für Mathieu gefunden hast.«

Élise stand einen Moment lang wie erstarrt.

Und dann, ganz plötzlich, brach auch sie zusammen, genau wie die Aschesäule.

Den ganzen Nachmittag lang hat sie nichts mehr gesagt. Sie blieb einfach auf dem Boden sitzen, zusammengekauert, das Gesicht zwischen den Knien.

»Du kannst jetzt gehen, David«, sagte Florian. »Du gehörst sowieso nicht richtig dazu.«

»Ach ja? Ist ja was ganz Neues. Seit wann das?«

»Ach hör auf, bisher haben wir dich geduldet, aber seit Mathieu tot ist, sehen wir das eigentlich nicht mehr ein.«

»Ach ja? Ist ja ganz was Neues«, wiederholte ich lahm.

»Hau ab«, sagte Florian. »Hau ab, du Wichser.«

»Du nennst mich einen Wichser?«

Ich war erbärmlich.

Florian streckte sich auf dem Bett aus. Gonzague tat es ihm nach. Gefolgt von Anne-Laure. Sie schlossen die Augen.

Ich habe lange Zeit gewartet, sehr lange. Ich weiß nicht, ob sie wirklich eingeschlafen waren. Ich rührte mich nicht. Niemand rührte sich. Sie drängten mich hinaus, diese drei, ich konnte spüren, wie ihre Bitterkeit mir gegen die Brust drückte, und gleichzeitig sah ich Mathieu vor mir, wie er an jenem Morgen zu mir sagte: »Ich habe ein paar total nette Leute kennengelernt« – und dieses Lächeln verschloss die Tür hinter mir, machte die Flucht unmöglich, entzog der Welt ihre Treppen und Fahrstühle, sperrte mich in die oberste Etage dieses Hauses, nur ohne Mathieu, ohne seine Scherze, und ohne die Weisheit von Marguerite.

Ohne das kleine Mädchen mit den Läusen.

»Wo ist die Kleine?«, murmelte ich.

Sie schliefen, oder taten so, als ob.

Ich ging zur Heizung. Der rote Schal war locker darübergehängt.

Unter meinen Sohlen knirschten die Reste der abgeschnittenen Haare.

Plötzlich fielen wieder meine Kopfschmerzen über mich her – ein so stechender Schmerz, dass ich mir auf die Lippen biss, zog vom Nacken über den Kiefer bis zur Stirn. Niemand wurde durch mein Stöhnen geweckt. Mein Herz pochte wie ein Specht in seinem Rippenkäfig.

Jeder Pulsschlag eine Gewehrkugel.

Ich setzte mich und zog mit dem Finger kleine Furchen in den Flaum aus kurzen schwarzen Haaren. Sie klebten an meiner feuchten Haut und ringelten sich fröhlich.

Schließlich dröhnte mein pulsierender Kopf wie Glockengeläut, und dann war es plötzlich vorbei – die Ruhe nach dem Sturm.

Ich lockerte meinen Kiefer und stand auf, der fehlende Schmerz gab mir das eigenartige Gefühl, überhaupt keinen Kopf mehr zu haben, nur eine federleichte, am Halsansatz befestigte Blase.

Ich ging zum Badezimmer. Die Tür war geschlossen, das Licht ausgeschaltet. Kein Laut zu hören. Meine Hände baumelten, groß und eisig, an meinen Armen. Ich fasste mir ins Gesicht und es fühlte sich seltsam an, wie ein feuchter Waschlappen.

Ich legte eine Hand auf die Klinke und öffnete die Tür. Drinnen war es stockdunkel, bis auf das blendend weiße Rechteck des Spiegels.

Ein Blick nach rechts, zum Handtuchhalter.

Einer nach links, zur Dusche, deren Vorhang geschlossen war.

Mit einem Kloß im Hals zog ich den Vorhang zurück, ungeschickt, wie eine Marionette.

Nichts, nur die mit getrockneter Seife verkrusteten Fliesen.

Hinter mir kam jetzt Leben in Anne-Laure, Gonzague und Florian.

»Wir gehen zur Schule zurück.«

»Häh? Warum?«, fragte ich.

Schwankend verließ ich das Bad, registrierte im Vorbeigehen mein verstörtes Gesicht im fleckigen Spiegel. Sie kicherten höhnisch, hatten meine lächerliche Angst durchschaut, mein dramatisches Wegreißen des Duschvorhangs.

Anne-Laure zog ihre Stiefel wieder an.

»Wir wollen schließlich nicht auch noch die letzte Stunde verpassen«, antwortete Florian.

Gonzague bückte sich, packte Élise unter den Achseln und hob sie so mühelos auf, wie man einem gestrauchelten Kind auf die Beine hilft. Sie sagte nichts. Sie löste den Knoten, mit dem sie ihren altrosa Paschminaschal an der Stuhllehne befestigt hatte, und verbrachte mehr als eine Minute damit, ihn sich immer wieder um den Hals zu schlingen.

»Welches Fach?«, fragte ich, während Gonzague leise mit dem Wohnungsschlüssel klimperte.

»Latein.«

Ich wagte ein letztes Mal die Frage:

»Und wo ist die Kleine?«

Niemand antwortete. Ich ließ meinen Blick durch das riesige Fenster über Paris schweifen. Der Himmel, von zwei Flugzeugen zerteilt, verdunkelte sich schon wieder und ließ die Häuser verblassen. Ein hoher Kirchturm, der sich dem schwindenden Licht entgegenreckte, blitzte gleißend auf. Ich hatte immer noch Ingwergeschmack im Mund.

»Vergesst nicht den Müllbeutel«, sagte Anne-Laure.

Ich sah zu, wie sie ihn herausnahm.

»Kannst du den tragen, David?«

Sie hielt ihn mir hin.

Meine Knie gaben nach, ein unkontrollierbares Zittern in den Kniegelenken, ich fiel zu Boden und sie kreischten vor Lachen:

»Mann, bist du bescheuert, Alter! Hast du gedacht, wir haben sie in den Beutel gestopft?«

So gut es ging, richtete ich mich wieder auf, stützte mich mit den Armen ab, weil die Beine immer noch wacklig waren. Ich nahm Anne-Laure den Müllbeutel aus der Hand: Er war ganz leicht und drinnen war das Knirschen der leeren Plastikverpackungen vom Chinesen zu hören, und dazwischen suchten sich vielleicht auch die Läuse ihren Weg.

»Der Fahrstuhl ist kaputt«, sagte Gonzague mit fester Stimme, als er sah, wie ich auf den Knopf drückte.

Tatsächlich. Kein Fahrstuhl. Kein scharrendes Geräusch im schmiedeeisernen Käfig. Nutzlos und schlaff baumelten die Seile in den Schacht hinunter.

»Der steckt unten im Keller fest«, ergänzte Anne-Laure gedehnt. »Der kommt nicht rauf.«

Wir gingen also zu Fuß die Treppe hinunter. Ich fasste nach der Hand von Élise, oder vielleicht war es auch umgekehrt.

In der dritten Etage habe ich es dann kapiert.

»Wenn der unten im Keller feststeckt, war hoffentlich niemand mehr drin.«

»Und falls doch«, erwiderte Gonzague unbekümmert, »weiß dieser Jemand bestimmt, wie man den Alarmknopf bedient.«

Wir drückten die gläserne Haustür auf und stießen mit einer Frau mit Hund zusammen. Wir entschuldigten uns, und dann sagte Florian zuvorkommend: »Der Fahrstuhl funktioniert nicht, Madame.«

»Schon wieder? Die Hausverwaltung muss wirklich mal was unternehmen. Das wird allmählich lästig.«

»Tja, diese Altbauten!«, sagte Gonzague mit einem komplizenhaften Lächeln.

Die Straße war blau gefleckt, weil ein Polizeiwagen gleich auf der Ecke stand, in zweiter Reihe geparkt. Zwei Polizeibeamte, ein Mann und eine Frau, lehnten an der Motorhaube und unterhielten sich.

Wir gingen dicht an ihnen vorbei, der Mann benutzte das gleiche Rasierwasser wie ich. Er zertrat ein welkes Blatt mit der Schuhspitze; man hörte es knistern.

»He, ihr da, müsstet ihr nicht in der Schule sein? Oder macht ihr etwa blau?«

Wir fuhren alle gleichzeitig herum. Die Frau hatte uns angesprochen, und bis heute frage ich mich, ob es eine plötzliche Eingebung war, ein kleiner Geniestreich, oder nur ein unglaublicher Zufall, ein blinder Schuss mit der Harpune, auf hoher See, mit dem sie unverhofft einen Walfisch erlegen würde.

Anne-Laure sprach als Erste:

»Nein, Madame, wir haben schon frei.«

»Ach ja? So früh? Es ist noch nicht mal vier.«

»Freitags haben wir früher Schluss«, sagte Gonzague.

»Verstehe. Ist mit eurer Freundin alles in Ordnung?«

Élise war leicht gelb im Gesicht. Sie sah auf ihre Füße hinunter.

»Ihr ist schlecht«, sagte Florian. »Wir bringen sie gerade nach Hause.«

»Auf welcher Schule seid ihr denn?«

Ich war erschöpft, die Fragen dieser Frau hämmerten in meinen Schläfen, Élises Hand wog schwer in der meinen, und ich hätte auch lieber knisternde Blätter zertreten, wie der Polizist, statt dieses Verhör über mich ergehen zu lassen, aber Gonzague antwortete:

»Auf dem Gymnasium, Madame. Victor Duruy.«

»Welche Klasse?«

»Elfte.«

»Und welche Fächer hattet ihr heute?«

Anne-Laure übernahm wieder die Führung.

»Vormittags Geschichte und Englisch. Nachmittags Französisch und Mathe.«

»Ach ja? Und wie war's?«

Anne-Laure kniff die Lippen zusammen, ich glaube, die Botschaft der Polizistin war angekommen, sie lautete schlicht und unverblümt: »Du lügst.« Zum ersten Mal sah ich, wie der Blick von Anne-Laure flackerte. Unterdessen plapperte Florian:

»Ach, wissen Sie, die Schule ist auch nicht gerade ein Vergnügen, es war so öde wie immer, aber sagen Sie's nicht unsern Lehrern ...«

Die Frau legte den Kopf schief und musterte Anne-Laures blasse, knochige Wangen. Sie schwieg einen Moment. Und dann sagte sie:

»Komisch. Wir sind gerade am Duruy-Gymnasium vorbeigefahren. Das ist seit heute Morgen um zehn geschlossen.«

Ein Hupen in der Ferne.

»Wegen des Streiks.«

Jetzt ein anderes Geräusch, hartnäckig, eine Art Schaben oder Scheuern.

»Ein kleines Mädchen ist heute Morgen nicht weit von hier verschwunden. Ihr habt es nicht zufällig gesehen?«

Sie zog etwas aus ihrer Tasche. Einen schlechten Ausdruck auf einem DIN-A4-Blatt, ein Foto, darunter ein nüchterner, kurzer Text.

»Habt ihr euch auf der Straße rumgetrieben, oder seid ihr zu einem von euch nach Hause gegangen?«

Immer noch dieses scheuernde Geräusch.

»Keine Sorge, Leute, fürs Schuleschwänzen stecken wir euch nicht ins Gefängnis, erst recht nicht, wenn heute gar keine Schule war. Nun antwortet schon, das ist wichtig. Wir suchen dieses Mädchen. Wenn ihr den ganzen Tag hier rumgelaufen seid, habt ihr sie vielleicht gesehen. Denkt jetzt mal nach, das ist wichtig.«

Schon wieder dieses Reiben, Schaben, Scheuern, das ich mir nicht erklären konnte. Ich blickte starr auf das Foto und setzte eine ratlose Miene auf.

»Seid ihr sicher, dass mit eurer Freundin alles in Ordnung ist?«, fragte der Mann.

Wir drehten uns um, und dann war klar, woher das Geräusch kam.

Es war Élise. Sie kratzte sich am Kopf, als wollte sie sich gleich die ganze Kopfhaut herunterreißen. Sie stand leicht vornübergebeugt, und ihre Finger fuhren wie besessen durch ihr braunes Haar.

»Geht's noch? He! Hallo!«, rief der Polizist, und als sie nicht aufhörte, hielt er ihre Hände fest.

Sie richtete sich auf und murmelte:

»Es kratzt überall. Es kratzt und kratzt und kratzt.«

Und komisch, aber mir fiel nichts Besseres ein, als zu sagen:

»Nein, Élise. Es juckt überall, und du kratzt.«

Alle schauten mich an, als hätte ich eine Meise.

Und dann sah ich Anne-Laure.

Ich sah, wie sie den Zeigefinger in den Nacken führte, fast automatisch. Und ich sah, wie sie mit den Fingerspitzen auf einem kleinen Stück Haut herumrieb.

Gleichzeitig fuhr sich Florian mit der Hand durchs Haar, als wollte er sich kämmen, nur ein bisschen zu viel, ein bisschen zu lange, ein bisschen zu doll.

Und noch bevor ich nachsehen konnte, was Gonzague gerade tat, spürte ich ein leichtes Kribbeln ganz oben am Kopf, dort, wo mein Haar einen kleinen Wirbel bildet.

Versonnen legte ich die Hand darauf. Das leichte Kribbeln wurde zu einem leichten Jucken.

Ein weiteres machte sich hinter meinem linken Ohr bemerkbar.

Und noch eins, plötzlich, an der rechten Schläfe.

Ich fing an zu kratzen.

Kratzte, kratzte, kratzte, und je mehr ich kratzte, desto weniger hörte ich, was der Polizist sagte:

»Stehen die unter Drogen, oder was? Guck mal! Die eine hat schon ganz blutige Nägel! Lass das jetzt! Hör auf! Hör auf!«

Anne-Laure mit ihren blutigen Nägeln, Gonzague, der wie besessen hin- und herschaukelt, Florian, der sich schon die Haare ausreißt, und Élise, die von der Polizistin festgehalten wird und schluchzend hervorstößt:

»Lassen Sie mich los! Es kratzt überall! Es kratzt! Lassen Sie mich los, verfluchte Scheiße!«

Und meine eigenen Nägel voller Schuppen und Fett und was weiß ich noch, meine Kopfhaut mit Bissen übersät, von Juckreiz gequält – bis man mich dadurch vom Kratzen abhält, dass man meine Hände durch die kalten Ringe der Handschellen steckt, und da geht die Folter dann erst richtig los.

Wir fünf in dem Polizeibulli, wie wir unsere Köpfe an den Wänden reiben, nein: gegen die Wände schlagen, wie wir schreien und bitten und betteln, man solle uns doch kratzen lassen, mit Fingernägeln, Scheren, Stiften und allem, was sonst noch zur Hand ist.

Wie wir brüllen, dass wir Läuse haben, Armeen von Läusen, Bataillone von Läusen, dass wir spüren, wie sie uns über den Kopf krabbeln, sich in unsere Haut verbeißen, unser Blut aussaugen, ihre Eier an den dicken, fettigen Wurzeln unserer Haare ablegen.

—

Die Drogentests erwiesen sich als negativ.

Auf dem Revier gab es keine Frau vom Gesundheitsamt, aber ein Polizist opferte sich, fand aber nichts. Keine einzige Laus, nirgends, auf keinem unserer Köpfe.

Sie haben es nicht gleich begriffen. Erst, als sie den Anruf des Pförtners erhielten. Als das kahl rasierte Mädchen im Aufzug gefunden wurde.

In den Zeitungen stand ›bewusstlos geschlagen, gefesselt und geknebelt‹, was total übertrieben war, schließlich hatten wir nur Klebeband genommen und der Schlag kann nicht sehr hart gewesen sein. Außerdem war sie schon eine Zeit lang wach gewesen, war aber nicht an den Alarmknopf herangekommen. Zu klein.

Das Mädchen hat nichts gesagt. Irgendwie hatten die anderen sie dazu gebracht. Anne-Laure hat mir später erzählt, sie hätten sie gewarnt: Wenn sie uns verraten würde, würden die Läuse zurückkommen, sobald ihre Haare nachgewachsen wären, aber dann wären sie zehn Mal so groß und würden sie zur Strafe auffressen. Ich habe gelacht, als ich das hörte, so albern fand ich das. Aber es hat offenbar funktioniert. Das Mädchen hat daran geglaubt. Drei Tage und Nächte lang hat sie nichts gesagt, aber das hat auch nichts geändert, denn sie hatten Haare von ihr bei Gonzague gefunden, und auf dem Waschbeckenrand die Schere und den Haarschneider, die nicht einmal abgespült waren.

Außerdem hatten wir sowieso schon alles gestanden.

Ich habe die Fotos gesehen, die an jenem Tag von ihr gemacht worden sind, sie sah aus wie ein kleiner Junge, mit dem kahlen Kopf. Als wir sie das nächste Mal sahen, sehr viel später, bei der Gerichtsverhandlung, in den Armen ihrer Mutter, waren die Haare schon wieder nachgewachsen. Sie trug zwei kleine Rattenschwänze.

Die Zeitungen sprachen von einem Sozialdelikt, einer rassistisch motivierten Tat, einem Verbrechen zwischen Reich und Arm. Einige haben Mathieu erwähnt, um uns ein bisschen zu entlasten, aber das hat ihnen keiner so richtig abgekauft: Bloß, weil der Kopf deines Kumpels beim Motorrollerfahren wie eine Wassermelone am Laternenpfahl zerplatzt ist, muss man noch lange kein Kind entführen – das eine hat nichts mit dem anderen zu tun.

Sie haben nach Erklärungen gesucht, wollten verstehen, was passiert war, und wir haben versucht, ihnen zu helfen, indem wir alle ihre Fragen beantwortet haben. Wir waren sehr folgsam. Aber das hat die Dinge auch nicht vorangebracht. Unsere Anwälte haben alle Zusammenhänge hergestellt, die es herzustellen gab: mit dem Typen, der Mathieu den Roller verkauft hatte, mit dem Typen, der an jenem Morgen auf seinem Roller ankam, mit dem Bruder von Florian, der die Aufnahmeprüfung an der Hochschule nicht geschafft hatte.

Anne-Laure, Gonzague und Florian haben fünf Jahre bekommen, Élise und ich drei.

Heute hat Marguerite mich besucht. Sie macht immer noch ihre Tour durch Frankreich, mit den Eltern von

Mathieu. Sie erklärt, dass man sich an Geschwindigkeitsbegrenzungen halten, regelmäßig die Räder seines Motorrollers kontrollieren und einen Helm tragen soll. Ich hab ihr gesagt, dass sie da meiner Meinung nach ein bisschen am Ziel vorbeischießt.

In Wirklichkeit geht es doch darum, dass sie an jenem Tag nicht dabei war. Weil sie in Levallois festsaß. Wegen des Streiks.

Sie glaubt, dass alles logisch zusammenhängt. Man muss nur langsamer fahren, einen Helm tragen und die Räder kontrollieren, dann endet man nicht als geplatzte Wassermelone.

Vielleicht stimmt das ja fürs Motorrollerfahren. Aber es gibt andere Situationen, wo man sich mit geschlossenen Augen fortbewegt, getragen von einem lauwarmen Luftzug, der uns mal nach rechts, mal nach links wirft. Und manchmal knallt man halt irgendwo gegen, und manchmal kann man den Laternenpfählen ausweichen.

»Ich habe auch das Mädchen besucht. Sie kommt jetzt in die vierte Klasse. Ich habe mit ihren Eltern gesprochen.«

»Und?«

»Und sie hat euch geschrieben, einen Brief an euch alle.«

Sie zog eine Kopie aus der Tasche.

Vor drei Jahren
wusste ich nicht was ich sagen soll,
aber jetzt weiß ich es:
Ich bin kein DRECKSTÜCK,
und ich bin auch nicht verlaust,
das seid Ihr höchstens selber.
Ihr seid diejenigen, die es überall juckt.
Ihr seid die Dreckstücke.

Beim Lesen dieser Zeilen fing gleich wieder alles an zu jucken.

Mir juckt der Schädel, obwohl er kahl geschoren ist. Bei Florian und Gonzague auch. Und bei Anne-Laure und Élise.

Uns allen juckt und kribbelt der Schädel, obwohl er kahl geschoren ist. Vom ständigen Kratzen brechen uns die Fingernägel ab. Unsere Kopfhaut ist von schmalen, glänzenden Schorfstreifen gefurcht. Wir kratzen und kratzen und kratzen.

Je mehr man an die Läuse denkt, desto mehr kribbelt es.

Und wie ich sehe, geht es bei euch auch schon los.

Es folgt eine Leseprobe aus »Elefanten sieht man nicht« von Susan Kreller.

eins

Die Sache, die im blauen Haus passiert ist, hat mir viele böse Blicke und meinen Vater beschert. Die Blicke blieben bis zum Ende der Ferien, aber mein Vater ist schon nach zwei Stunden wieder abgereist. Ich hätte ihn gern noch länger hier gehabt und irgendwann vielleicht von ihm erfahren, dass das Falsche, das ich getan hatte, gar nicht falsch war, oder nur ein bisschen falsch, fast richtig. Aber alles, was ihm im Garten meiner Großeltern einfiel, war, ob das bitte schön nicht anders gegangen wäre.

Als er das fragte, rührte meine Großmutter ihren Kaffee kalt, während mein Großvater angestrengt im Barenburger Wochenblatt las. Auf der Rückseite stand *Kühles Nass lockt Jung und Alt* und *Alfred Esser ist der neue Löschzugführer,* und wenn man genau hinsah, stand da auch noch, dass mein Großvater zitterte, die Überschriften wackelten wie Birkenzweige bei Windstärke fünf, nur dass wir an diesem Nachmittag gar keinen Wind hatten, die Sonne drückte uns auf die Gartenstühle und am Himmel waren bloß zwei, drei Kondensstreifen zu sehen, kleine Lackschäden am Dach dieses glühenden Tages.

Und als meine Großmutter nach etwa fünfzig Umdrehungen merkte, dass wir ihr das Rühren in der Kaffeetasse nicht mehr glaubten, hielt sie den

Löffel an und sagte mit schmerzverzerrtem Gesicht, sie kann nie wieder zur Rückengymnastik gehen, damit das klar ist, denn die andern reden, Sigrun redet, Trautchen, sogar Hilde, die sie immer mit dem Auto abgeholt hat. Dabei kann sie ja nichts für ihre Enkelin, nicht wahr? Mein Großvater ließ seine Zeitung nicken und mein Vater brummte etwas, in dem »dreizehn« vorkam und »alt genug«, und ich hätte am liebsten etwas Gemeines zurückgebrummt. Gesagt habe ich aber nur, wie lange bleibst du denn jetzt, und mein Vater hat dann lieber nicht geantwortet, ich bin schon fast wieder weg.

zwei

– Geh zu den anderen.

– Oma, die reden nicht mit mir.

– Auch Robert nicht, von Bauers?

– Redet nicht.

– Die sagen nichts?

– Gar nichts sagen die. Ich steh da nur. Kann ich auch wieder gehen.

– Auch der Robert?

– Hmmh.

– Auch die anderen? Die sich immer am alten Baum treffen? Was war das noch mal, Ahorn?

– Oma!

– Die also auch. Dann geh zu Trautchen, die freut sich.

– Die ist fast siebzig, was soll ich da? Eine Platane war das.

– Dann ins Freibad.

– Ich geh nicht ins Freibad. Die gucken nur, wenn du alleine bist.

– Dann geh zu Trautchen, die guckt nicht.

– Die ist halb blind, deshalb.

– Mascha!

– Oma.

Barenburg war die langweiligste Stadt der Welt. Und auch wenn ich in meinem Leben erst wenige Städte gesehen hatte, bin ich mir sicher, es stimmte trotzdem. Am meisten stimmte es in der Siedlung meiner Großeltern, dort, wo ich seit dem Tod meiner Mutter vor sieben Jahren die Sommerferien verbringen musste. Die Wege vor den roten Klinkerhäuschen waren ordentlich gekehrt und ohne Unkraut und fast ohne Menschen. Wenn man wie ich aus der Großstadt kam, hatte man manchmal das Gefühl, dass einem die U-Bahn direkt vor der Nase weggefahren war und man ganz allein auf dem Bahnsteig stand. Sah man hier überhaupt mal Leute, dann nur, wenn sie ihre Autos wuschen oder in die Vereine gingen oder die Hortensien in den stummen Vorgärten pflegten.

Tag, Mascha!

Was macht die Schule?

Und so selten diese Leute vorkamen, so alt waren sie auch. Sie trugen getönte Brillen und weiße Härchen auf den julibraunen Armen, und es gab nur wenige Familien mit Kindern. Diese Leute hatten entweder schon immer hier gewohnt, oder sie waren erst in den letzten Jahren in die Siedlung gezogen und zählten nicht so richtig. Jedenfalls klang das so, wenn meine Großmutter mit ihren Freundinnen über sie redete. Die anderen zählten aber schon. Die, die schon immer hier gewohnt hatten. Aber weil man sie fast nie auf der Straße sah, zählten sie nur sehr leise.

Es war so still hier.

Lautlos.

So ruhig war es in dieser Siedlung, dass die Stille wild in meinen Ohren hämmerte, und das, obwohl es genau genommen gar nicht still war, denn es gab ja hier immer irgendwen, der den Rasen mähte, vorzurückvorzurück, kurz und bündig, sonntags nie. Und da stand ich dann, eingequetscht in diese Rasenmäherstille, hatte wenig zu tun und alle Zeit der Welt.

Am Anfang war ich noch gern zu meinen Großeltern gefahren und hatte die Freizeitparks und die kleinen Radtouren und sogar die Grillabende mit den Nachbarn und die trockenen Kekse im Freibad gemocht.

Aber jetzt.

Jetzt war alles anders.

Ich hätte natürlich lesen können oder den Freundinnen schreiben, die ich zu Hause hatte. Aber manchmal geht das alles nicht, dann verschwimmen die Buchstaben, die man lesen wollte, und sogar die, die man noch gar nicht geschrieben hat, dann starrt man irgendwohin, auf das Papier oder auf eine Fliege an der Wand oder auf die nutzlose Küchenuhr, die es nicht für nötig hält, ihre Zeiger zu bewegen.

Es gab hier einfach niemanden, mit dem ich etwas anfangen konnte. Die Alten waren zu alt, die Jungen zu jung, und alle, die dazwischen und in meinem Alter waren, wollten nichts mit mir zu tun haben. Das hatte noch nicht mal einen bestimmten Grund – oder doch? Denn wenn sich die, die in meinem Alter waren und nahe der Siedlung meiner Großeltern wohnten, an der kranken Platane oder vor dem Supermarkt trafen und mich zwar nicht wegschickten, aber auch nicht beachteten, dann lag das daran, dass ich keine von ihnen war. Ich war auch keine Zugezogene. Ich war etwas Unbestimmbares, das sechs Wochen mit diesem Ort verbunden war, nur auf welche Weise, das war keinem hier klar, am wenigsten wahrscheinlich mir selbst.

Trotzdem war ich die ganze Zeit draußen, weil es drinnen bei meinen Großeltern überhaupt nichts gab, gar nichts, nicht mal ein Staubkorn. Und wenn ich sage Draußen, dann meine ich zwei Orte. Der eine war das blaue Haus, aber von dem erzähle ich später, und der andere war der Spielplatz am Rand der Siedlung. Der bestand vor allem aus Sand, Tonnen von Sand, in den sich einige Spielgeräte bohrten: Schaukeln, Wippe, Karussell. Immer wenn ich auf dem Spielplatz war, und ich war dort wirklich fast *immer* – immer wenn ich also auf dem Spielplatz war, saß ich mit Kopfhörern und meinem MP3-Player auf einer kleinen Holzburg und hörte Musik, während Vierjährige über eine Hängebrücke zu einer Rutsche wackelten und mich dann wieder allein ließen.

Es gab sicher Aufregenderes im Leben, aber richtig schlimm war es hier nicht. Von der Holzburg aus konnte man Mütter beobachten und ihr ängstliches

Mütterschielen, wenn ihre Kinder fremdes Sandspielzeug benutzten. Man konnte Eltern sehen, die am Sandkastenrand rauchten und telefonierten, während sich ihre Kinder in aller Ruhe Sand in den Mund stopften oder nur deshalb nicht von meiner Holzburg fielen, weil ich mich immer extra an die gefährliche Stelle ohne Geländer setzte. Das war nicht viel, aber es war etwas. Und mehr konnte man in dieser Siedlung eben nicht erwarten.

Natürlich war ich zu alt für den Spielplatz. Ich war ein paar Kleinkindleben älter als die rechtmäßigen Benutzer dieser einzigen lärmenden Insel der Siedlung, und meine Großmutter schämte sich dafür, dass ich hier so oft zu sehen war. Dreizehn und auf einem Spielplatz zu sein war eine klare Niederlage. Mascha! In deinem Alter! Aber so war es nun mal, in genau diesem Alter saß ich hier, sah die Stunden über den Sand kriechen und lernte am ersten Feriensonntag und kurz vor dem viel zu warmen Mittagessen Julia und Max kennen.

Adios, Nirvana

Conrad Wesselhoeft
Adios, Nirvana
288 Seiten
Taschenbuch
ISBN 978-3-551-31462-8

Seit dem Tod seines Zwillingsbruders Telly kriegt Jonathan sein Leben nicht mehr auf die Reihe. Jetzt droht er auch noch in der Schule sitzenzubleiben. Kein Wunder, wenn man sich die Nächte mit Red Bull, Gitarre spielen und dem Schreiben von Gedichten um die Ohren schlägt. Doch den Abschluss ohne ihn zu machen, kommt für Jonathans Freunde natürlich nicht in Frage. Und auch seine Lehrer geben ihm noch eine letzte Chance - eine, die es in sich hat und Jonathan das Leben bald mit ganz anderen Augen sehen lässt.